흐으으음……

……무, 무, 무슨 소리야? 마사토!

미하루가 마사토의 말을
이해하자마자 얼굴을 새빨갛게 붉히고
몹시 당황해 소리쳤다.
그런 와중에 라티파가
의심하는 눈초리로 리오를 바라보았다.

정령환상기

모, 몰라.
나 같은 사람을 위해……

세리아가 눈물을 흘리며
리오의 손을 잡았다.

커버 및 본문 일러스트_ Riv

CONTENTS

❦

플로라
벨트람

벨트람 왕국 제2 왕녀
현재는 용사
사카타 히로아키와
함께 움직인다

크리스티나
벨트람

벨트람 왕국 제1 왕녀
동생인 플로라를
뒤에서 걱정한다

로아나
폰테인

벨트람 왕국의 귀족 영애
플로라의 수행원으로
함께 움직인다

사카타
히로아키

이세계 전이자이며
용사 중 한 명
유그노 공작을
뒷배로 움직인다

시게쿠라
루이

이세계 전이자인
고등학생
벨트람 왕국의
용사로 움직인다

알프레드
에마르

벨트람 왕국 근위기사단장
「왕의 검」이라는 별명을
가진 왕국 최강자

리제롯테
크레티아

가르아크 왕국의 공작
영애이자 리카 상회 회장
전생은 고등학생인
미나모토 리카

아리아
거버네스

리제롯테를 모시는
시녀장이자 마검술사
세리아와는
학생 시절부터 친구

스메라기
사츠키

이세계 전이자이며
미하루 일행의 친구
가르아크 왕국의
용사로 움직인다

샤를로트
가르아크

가르아크 왕국 제2 왕녀
사츠키의 친구 겸 감독

센도
타카히사

이세계 전이자이며
아키와 마사토의 손위형제
센트스텔라 왕국의
용사로 움직인다

리리아나
센트스텔라

센트스텔라 왕국
제1 왕녀
타카히사의 감찰관으로
함께 움직인다

리오(하루토 아마카와)

어머니를 죽인 원수에게 복수하기 위해
살아가는 이 작품의 주인공
벨트람 왕국이 지명수배를 내려 가명인 하루토로 활동 중
전생은 일본인 대학생 아마카와 하루토

아이시아

리오를 하루토라고
부르는 계약 정령
희귀한 인간형 정령이지만,
본인의 기억은 애매모호

세리아 크렐

벨트람 왕국의 귀족 영애
리오의 학원시절 은사인
천재 마도사

라티파

정령의 마을에 사는
여우 수인 소녀
전생은 초등학생인
엔도 스즈네

사라

정령의 마을에 사는
은늑대 수인 소녀
리오 곁에서 바깥 세상
견문을 넓히는 중

아르마

정령의 마을에 사는
엘더드워프 소녀
리오 곁에서 바깥 세상
견문을 넓히는 중

오피아

정령의 마을에 사는
하이엘프 소녀
리오 곁에서 바깥 세상
견문을 넓히는 중

아야세 미하루

이세계 전이자인 고등학생
하루토의 소꿉친구이며
첫사랑인 소녀

센도 아키

이세계 전이자인 중학생
이부남매인 하루토를
미워한다

센도 마사토

이세계 전이자인 초등학생
리오에게 미하루, 아키와
함께 보호받는다

등장인물소개

【 제 1 장 】 ✤ 소동 후에

가르아크 왕국 왕도. 타카히사를 때리고 센트스텔라 왕국의 마도선에서 뛰어내린 후. 리오는 미하루를 안고 사츠키와 샤를로트가 기다리는 옥상 정원에 깔끔하게 착지했다.

"하루토 군! 미하루! 다행이다, 다치진 않았어?!"

사츠키가 리오에게 안긴 미하루를 보고 서둘러 달려왔다.

"네. 하루…… 하루토 씨 덕분에요."

미하루가 리오의 얼굴을 힐끗 올려다보고 사츠키에게 대답했다. 리오와 눈이 마주치자 부끄러운지 고개를 숙였다. 한편, 리오는 살짝 미소 지으며 미하루를 바닥에 내려줬다.

"……그래."

사츠키가 미묘한 분위기를 느꼈는지 맞장구를 치며 미하루와 리오의 얼굴을 살폈다. 대체 무슨 일이 있었나 싶었다.

조금 신경 쓰이지만 지금은 그것 말고도 신경 쓰이는 일이 있었다.

"타카히사는?"

"아직 배에 있어요. 지금은 기절해있지 않을까요?"

리오가 대답하고 먼 상공을 비행하는 센트스텔라 왕국의 마도선을 바라보았다. 조금 민망해하는 것은 정당방위라고는 해도 타카히사를 때렸기 때문일까?

"기절이라니……. 후후, 그렇구나."

사츠키가 눈을 깜빡이더니 키득 웃음을 흘렸다.

"이제 어떡할까요?"

리오가 난감한 얼굴로 물었다.

"타카히사가 잘못했잖아. 싫어하는 미하루를 억지로 유괴하려고 했으니까. 왜 이런 짓을 했는지 끌고 와서 제대로 물어봐야지. 폐하 앞에서 말이야."

사츠키가 분노를 담아 말하고 뒤에서 다가온 샤를로트를 봤다.

"그러면 세 분을 아버님께 모셔드릴게요."

샤를로트가 차분한 목소리로 제안했다.

"타카히사를 먼저 데려와야 해. 마도선으로 왕도를 벗어날 수도 있잖아."

사츠키가 하늘을 올려다보며 말했다.

"타카히사 님은 바로 성으로 모실 수 있으니 걱정하지 마세요."

샤를로트가 기정사실인 양 말했다.

"……어떻게?"

왜 그렇게 차분하냐며 사츠키가 당황해서 물었다.

"현재 저희 왕국의 마도선 함대가 국경을 둘러싸고 있어 출국 자체가 어렵습니다. 게다가 리리아나 왕녀도 아버님과 함께 계시니까 주인이 없는데 승조원이 강행 돌파할 것 같지는 않네요. 그런 짓을 하면 우리나라에 실질적인 선전 포고를 하는 것이나 다름없으니까요."

샤를로트가 살며시 미소 지으며 미리 생각해둔 것처럼 말했다. 마치 타카히사가 소동을 일으키리라 예상한 것 같은 대처였다.

"……그래."

사츠키는 아무리 그래도 준비를 너무 잘 해놨다는 생각이 들었지만, 당황해 그렇게 이야기했다.

'……마도선 함대가 왕도를 포위하고 있다고?'

한편, 리오도 사츠키처럼 샤를로트의 설명이 마음에 걸렸다.

"……왜 마도선 함대가 왕도를 포위했지?"

사츠키가 샤를로트에게 물었다.

"하루토 님의 활약으로 계획이 크게 바뀌었습니다만, 원래 타카히사 님의 계획은 실패할 예정이었습니다."

샤를로트가 리오를 보며 대답하고 짓궂게 웃었다.

'미하루 씨가 유괴될 줄 미리 알았다는 말인가?'

리오가 바로 깨달았다. 그리고 왜 침묵했는지 생각했다.

"……샤를은 타카히사가 미하루를 유괴할 줄 알았어?"

사츠키가 놀라서 입을 벌리고 물었다.

"네. 정말 유괴할지 반신반의했는데 센트스텔라 왕국의 리리아나 왕녀께 은밀히 정보를 얻었어요."

"자, 잠깐, 잠깐만! 그러면 이렇게 되기 전에 타카히사를 막았어야 하지 않아?"

샤를로트가 태연하게 고개를 끄덕이자 사츠키가 몹시 당황해서 주장했다.

"그러기 어려워서 차선책으로 사후 저지를 계획한 거예요. 섣불리 저지하려고 하면 최악의 결과를 낳았을지도 모르니까요."

샤를로트가 끝까지 침착하게 대답했다. 사츠키가 냉정을 되찾았는지 탄식하며 물었다.

"최악의 결과라니?"

"간단히 말씀드리면 타카히사 님이 성에서 신장의 힘을 쓰는 것도 불사하고 그 자리에서 미하루 님을 납치하셨겠죠? 그 과정에 적지 않은 사상자가 생기고 미하루 님과 타카히사 님의 행방이 묘연해지리라 예상했습니다."

"뭐……."

자기가 아는 타카히사는 그런 짓을 할 리 없다고 생각했지만, 사츠키는 말문이 막혔다.

"……아니, 그래. 타카히사는 거기까지 생각했었구나."

사츠키는 샤를로트의 추측을 있을 법한 사실로 받아들였다. 실제로 타카히사는 미하루를 유괴하려고 했으니까.

"이해가 빠르셔서 다행입니다. 하루토 님과 결투한 후, 리리아나 왕녀가 타카히사 님의 계획을 알고 말리려고 했으나 제대로 이야기할 수 있는 정신상태가 아니었다더군요. 용사를 그만두겠다고 리리아나 님을 협박해 억지로 미하루 님을 유괴하는 데 힘을 보태게 했다고 해요."

"……그래."

사츠키가 괴로운 얼굴로 수긍했다.

"원래는 자국의 용사인 타카히사 님의 뜻을 따르는 것이 왕녀인 리리아나 님의 역할이지만, 이번만은 예외로 했습니다. 겉으로는 타카히사 님을 위해 여러 준비를 하는 척하며 날뛰는 타카히사 님을 막고자 은밀하게 아버님께 조력을 청하셨어요. 그게 한 시간 전의 일이에요."

샤를로트가 거침없이 사정을 말했다.

'건드리면 폭주할 게 눈에 선하니 하다못해 고삐를 잡은 상태로 날뛰게 하고 싶었던 건가?'

리오가 샤를로트와 리리아나의 의도를 정확하게 맞추었다.

"그래서 시간적 여유가 없는 상황에 확실하게 범행을 막기 위해 가능한 한 비밀리에 움직여야 했습니다. 그 결과, 일시적이라고는 하나 미하루 님이 실제로 유괴당할 위험성을 간과하지 않을 수 없어서 마음이 아팠습니다. 죄송합니다, 미하루 님."

샤를로트가 요약해서 설명하고 어두운 얼굴로 미하루에게 사과했다.

"아뇨, 이렇게 무사하게 돌아왔잖아요. 하루토 씨가, 구해줘서."

왕녀인 샤를로트가 머리를 숙이자 미하루가 반사적으로 고개를 내젓다가 리오를 보고 어색해져서 몸이 굳었다.

'미하루가 왠지 하루토 군을 의식하고 부끄러워하는 것 같은데……? 하루토 군은 아무렇지 않아 보이지만.'

사츠키가 몰래 관찰하며 분석했다.

"대책을 세우고 사태가 계산대로 흘러가던 중, 유일하게 계산 밖이었던 것은 하루토 님의 능력이 우리의 예상을 훨씬 능가했다는 점이에요. 설마 그렇게 간단하게 미하루 님을 구하실 줄이야. 정말 계획이 틀어져도 단단히 틀어졌어요."

샤를로트가 짓궂게 웃으며 리오를 보았다.

"오히려 사태를 어지럽혔군요. 실례했습니다."

리오가 공손하게 머리를 숙였다.

"아뇨, 무슨 말씀이세요. 미하루 님을 조금이라도 빨리 보호했으니 그보다 좋은 일이 어디 있겠어요? 그리고 하루토 님이 성에서 날아오르셨을 때는 개인적으로 이런 적은 처음일 정도로 가슴이 두근거렸습니다. 정말 멋있었어요. 이 이야기를 해드리면 아버님이 더 좋게 보시지 않을까요?"

샤를로트가 리오에게 호기심 이상의 열기가 담긴 눈빛을 보냈다. 계속 응시하며 리오와 눈을 마주치려고 했다.

"……감사합니다."

떨어질 줄 모르는 은근한 시선에 리오의 표정이 조금 불편해졌다.

"흐음……."

사츠키도 물끄러미 리오의 옆모습을 쳐다보았다. 미하

루도 자연스럽게 리오의 안색을 살폈다. 그들의 시선을 알아차린 리오가 불편해하며 표정을 정리했다.

"후후. 그럼 아버님께로 모실게요. 타카히사 님이 돌아오시기 전에 해두는 게 좋은 이야기도 있으니까요."

샤를로트가 고혹적인 미소를 짓고 방향을 돌려 걸었다. 그러다 바로 멈춰서 "아, 그 전에……" 하며 운을 뗐다.

"이건 지금 말씀드리는 게 좋겠네요. 아버님도 계신 자리에서 이야기하기 전에 사실을 받아들일 시간이 필요할 테니까요."

다시 몸을 돌려 그런 말을 꺼냈다.

"뭐를?"

사츠키가 샤를로트를 보며 물었다.

"여러분께 미리 사정을 설명하지 못한 이유와도 얽힌 이야기예요. 상당히 동요하실 것 같아서……."

샤를로트가 조금 울적한 얼굴로 사츠키와 미하루를 차례대로 보았다. 그리고 마지막으로 리오를 힐끗 봤다.

"……무슨 일인데?"

사츠키가 조금 긴장하며 미하루와 얼굴을 마주 봤다.

"미하루 님을 유괴할 때, 아키 님도 적극적으로 협력하셨다고 해요."

"뭐……?"

샤를로트가 들이민 사실은 세 사람이 동요하기에 충분하고도 남았다.

◇ ◇ ◇

　리오 일행은 샤를로트를 따라 왕족만 사용할 수 있는 가르아크 왕성 응접실로 갔다. 아키가 미하루 유괴에 협력했다는 말에 몹시 당황했지만, 일단 서두르기로 했다.

　그곳에는 가르아크 국왕인 프랑수아와 센트스텔라 왕국의 제1 왕녀인 리리아나가 기다리고 있었다.

　"미하루 님……."

　리리아나가 미하루를 보고 눈을 깜빡였다. 타카히사가 소동을 일으켰는데 어떻게 미하루가 이곳에 있는지 놀랍고 의문이었다.

　한편, 프랑수아는 딸인 샤를로트에게 자연스럽게 시선으로 물었다. 대체 무슨 일이 있었는지, 상황을 설명하라고.

　"예상 못한 사태가 일어난 것처럼 보일 수도 있지만, 문제는 없습니다. 하루토 님이 홀로 하늘을 날아 미하루 님을 데리고 오셨어요."

　샤를로트가 두 사람의 반응을 보고 키득 웃더니 짧고 간단하게 대답했다. 그러나 프랑수아와 리리아나는 당황했는지 얼굴에 적지 않은 놀란 기색이 떠올랐다.

　"……하늘을 날았다고?"

　그도 그럴 것이 슈트랄 지방에서 하늘을 나는 수단은 마도선을 타거나 비행 가능한 기수를 타는 것뿐이었다. 리오가 마치 자력으로 비행한 것처럼 말하니 당황할 만도 했다.

"네, 말 그대로예요. 하루토 님은 마검의 힘으로 하늘을 날 수 있어서 타카히사 님이 탄 마도선에 올라타셨습니다. 타카히사 님은 하늘에서 기절하셨다 하니 쓸데없는 수고를 들일 필요 없이 이쪽으로 얌전히 옮겨지지 않을까요?"

샤를로트가 리오를 보며 기분 좋게 말했다.

"……훗, 하하하. 그랬군. 그대는 짐을 계속 놀라게 하는군, 하루토."

프랑수아가 기막혀하며 이야기를 듣다가 딸인 샤를로트의 말이 사실이라고 판단했는지 즐겁게 웃으며 리오를 봤다.

"감사합니다."

리오가 멋쩍어하며 머리를 숙였다.

"그래서 사츠키 공과는 어디까지 이야기했지? 샤를로트."

"우리가 비밀리에 움직인 경위에 관해 대강 정보를 공유했습니다. 하지만 역시 동요가 크신지 아직 냉정하게 상황을 받아들이지 못하시는 듯해요. 직접 범행에 가담한 타카히사 님께는 화가 많이 나셨지만, 범행에 은밀히 관여한 아키 님께도 여러모로 복잡한 감정이 드시는 모양이에요."

"흠. 뭐, 그럴 만도 하지."

샤를로트와 프랑수아의 시선이 리오와 함께 있는 사츠키와 미하루를 향했다.

"타카히사와 아키가 왜 미하루를 유괴하려고 했는지 자세한 경위를 말씀해주시겠습니까?"

사츠키가 부탁하고 조용히 숨을 삼켰다.

"그 역할은 현장에 있던 리리아나 왕녀가 적임이겠지. 일단 앉게나."

프랑수아가 리리아나를 보며 사츠키 일행에게 자리에 앉으라고 권했다.

"사츠키 님과 미하루 님은 그쪽에 앉으세요. 하루토 님은 이쪽으로."

샤를로트가 사츠키와 미하루에게 공석인 상석을 권하고 자신은 리오와 나란히 앉으려고 리오의 팔을 살짝 잡아당 겼다.

"실례하겠습니다."

리오는 샤를로트가 시키는 대로 앉았다. 미하루와 사츠키는 그 광경을 보고 의미심장하게 서로 얼굴을 마주 보더니 너나할 것 없이 자리에 앉았다.

"듣기 전에 하나 만요. 아키와 마사토는 어디 있습니까?"

사츠키가 프랑수아를 보며 물었다.

"소동이 벌어진 시점에 신병을 확보했다. 지금은 불의의 사태가 일어났다고만 알리고 다른 곳에 대기시켜놓았다."

프랑수아가 아키와 마사토의 소재를 가르쳐줬다.

"알겠습니다. 이제 말씀해주세요."

사츠키가 리리아나를 보았다.

"알겠습니다. 우선 타카히사 님이 이런 어리석은 짓을 저지른 동기부터 말씀드리지요. 이미 아시겠지만, 타카히사 님은 미하루 님께 연정을 품고 있습니다."

리리아나가 미하루를 보며 일단 타카히사의 연애감정을 언급했다.

"그렇죠."

사츠키가 당연하다는 듯이 고개를 끄덕였다. 한편, 미하루는 살짝 당황해서 조금 민망한 표정을 지었다. 리오는 특별한 표정 변화를 보이지 않고 이야기를 들었다.

"그래서 타카히사 님은 미하루 님과의 재회를 무척 기뻐하셨습니다. 동시에 무척 초조해하셨습니다. 미하루 님 곁에 자기가 모르는 친근한 남자가 있는 것에."

설명하는 리리아나를 보니 눈빛이 조금 아련했다.

상황이 비슷했다. 전생에 고등학교에 입학한 아마카와 하루토가 미하루와 함께 있던 타카히사를 봤을 때와. 결과적으로 아마카와 하루토는 강한 상실감을 느꼈지만, 상실감 이상의 초조함을 느끼지는 않았다.

"미하루 님이 아마카와 경을 무척 의지하는 것을, 아마카와 경이 어떤 사람인지 알게 된 타카히사 님의 초조함은 점차 경쟁심으로 변했습니다. 그리고 미하루 님이 아마카와 경의 곁에 남겠다고 말씀하시자 그 경쟁심은 질투로 변했습니다."

타카히사는 미하루를 잃을 지도 모른다는 초조함이 경쟁심이 됐고 질투하기에 이르렀다.

"질투는 사람의 눈과 사고를 흐리게 합니다. 타카히사

님은 특히 심각했죠. 연정이 남다르며 미숙하고 마음 약한 사람입니다. 그래서 자기가 처한 상황을 객관시하지 못하고, 현실을 받아들이지 못하고, 자신의 나약함을 마주 보려하지 않았습니다. 질투를 막을 수가 없어서 아마카와 경에게 결투를 신청했고 실패하고도 미하루 님을 포기하지 못한 결과가…… 미하루 님 유괴소동입니다."

리리아나가 분석하며 타카히사의 심정이 어떻게 변했는지 말했다.

"……."

사츠키와 미하루는 괴로운 표정으로 입을 다물었다.

"타카히사 님은 아마카와 경과 함께 있어도 미하루 님이 불행해질 뿐이라고 주장하며 두 분을 떼어놓으려고 결투를 신청했으나, 사실은 자기가 미하루 님과 함께 있고 싶었을 뿐입니다. 싸우기 전부터 아마카와 경에게 질 줄 알았으나 인정하기 싫어서 투덜대는 아이 같은 수단을……."

이 세계에 온 뒤로 가장 가까이 있었기 때문일까? 아니면 왕족의 관찰력일까? 리리아나가 정확하게 타카히사의 심정을 알아맞혔다.

"……백보 양보해서 마음은 이해하겠는데."

사츠키가 떨떠름한 표정을 지었다.

"아마카와 경과 결투해서 지고도 타카히사 님은 미하루 님과 헤어지는 것을 받아들일 수 없었습니다. 저와 아키 님이 결투장을 떠난 타카히사 님을 쫓아가자 미하루 님을 아마카와 경에게서 멀어지게 할 방법을 생각해야겠다고 말씀하셨죠."

"진짜 어린애네⋯⋯."

사츠키가 이야기를 듣다가 화가 났는지 분노를 담아 말했다.

"저는 타카히사 님께 귀국을 진언했습니다. 머리를 식히려면 미하루 님과 아마카와 경에게서 거리를 두어야 한다고요. 그건 안 된다고 일축하셨지만요⋯⋯."

리리아나가 몹시 슬픈 미소를 지었다.

"저는 타카히사 님께 선택지가 없다는 것을 강조하기 위해 유일하고도 가장 파멸적인 방법을 여쭈었습니다. 설마 싫어하는 미하루 님을 억지로 센트스텔라 왕국으로 데려가실 셈이냐고요."

그래서는 안 된다고 이야기를 끌고 가는 것이 리리아나의 목적이었으나 공교롭게도 이때의 타카히사는 판단력이 생각보다 부족했다.

"설마⋯⋯ 그걸 받아들였습니까?"

사츠키가 아연실색해 눈을 부릅뜨고 물었다.

"⋯⋯네. 미하루 님을 유괴하고 진지하게 대화를 나누면 이해할 거라고 하시더군요. 제 실언이 계기가 됐습니다. 죄송합니다."

리리아나가 자기 발언을 몹시 후회하며 머리를 숙였다.

"아뇨, 보통은 거기서 단념하지, '좋아, 하자' 하지는 않으니까요."

사츠키가 몹시 기막혀하며 리리아나는 잘못 없다고 했다. 미하루도 똑같이 생각하는지 고개를 끄덕였다.

"하지만 제 발언이 계기가 된 것은 사실입니다. 어떻게든 타카히사 님을 단념시키려고 필사적으로 설득했지만, 들으려고도 하지 않으시더군요. 미하루 님을 데려가지 못하면 센트스텔라 왕국으로 돌아가지 않겠다고, 용사를 그만두겠다고 하셨습니다."

"……."

사츠키는 다시 할 말을 잃고 입을 다물었다.

"리리아나 왕녀를 옹호하자면 육현신을 믿는 국가에서 용사의 배반은 나라가 기울만한 참사다. 협박으로는 충분해."

지금까지 조용히 듣고 있던 프랑수아가 대화에 끼어들었다.

"사츠키 님이 배반하시면 우리나라도 곤란해진답니다."

샤를로트가 후훗 웃으며 덧붙였다.

"신뢰관계를 깨뜨릴 사정도 없는데 그런 짓 안 합니다."

사츠키가 탄식하고 머리를 짚으며 말했다.

"그건 그렇고 한 가지 신경 쓰이는 게 있는데, 타카히사 님은 왜 하루토 님과 함께 있으면 미하루 님이 불행해진다고 말씀하신 걸까요?"

샤를로트가 이야기를 깊게 파고들지는 않고 리리아나에게 전혀 상관없는 질문을 했다.

"사츠키 님과 미하루 님이 원래 계셨던 세계에서는 살인이 몹시 기피되는 행위인데, 아무래도 그것과 관련된 모양입니다. 그, 아마카와 경에게 살인 경험이 있는 것이 마음에 들지 않은 듯해서……."

리리아나가 리오를 보고 불편해하며 설명했다.

"하루토는 떠돌이 검사였으니까 여행 중에 노상강도를 만나면 자기 몸을 지키기 위해서라도 사람을 죽여야 하잖나. 리리아나 왕녀의 말을 들어보니 정당방위어도 꺼리는 것처럼 들리는데 그런가? 사츠키 공."

프랑수아가 이상하게 여기며 물었다.

"……뭐, 설령 정당방위더라도 알려지면 사회적으로 손가락질 받기 쉬운 나라이긴 했죠."

사츠키가 조금 괴로운 얼굴로 대답했다.

"상황에 따라 개인의 살인이 범죄가 되는 것은 이 세계도 마찬가지지만, 법과 질서로 인정받는 살인도 기피되다니 상식 차이가 너무 크군. 말을 잘라서 미안하네. 하던 이야기 계속하지, 리리아나 왕녀."

프랑수아가 흥미롭게 목을 울리고 리리아나에게 하던 이야기를 계속하라고 권했다.

"네. 미하루 님 유괴를 현실적인 선택지로 생각한 시점에 타카히사 님은 돌이킬 수 없을 만큼 고집스러워지셨습니다. 제가 계속 설득해도 소용이 없어서 아키 님께 설득을 부탁드렸습니다만……."

리리아나가 어두운 얼굴로 다시 설명을 이어갔다.

"……아키가 타카히사에게 뭐라고 했나요?"

미하루가 못 참겠다는 얼굴로 조심스럽게 물었다.

"미하루 님 대신 자신이 있으니, 그것으로는 안 되냐고 하셨습니다."

"……타카히사의 대답은요?"

이번에는 사츠키가 물었다.

"말씀은 안 하셨지만, 안 된다고 대답한 것이나 마찬가지였습니다. 그러자 아키 님까지 망가진 것처럼 타카히사 님께 협력하겠다고 자처하셔서……."

리리아나가 천천히 고개를 내저었다.

"그랬군요……."

사츠키와 미하루가 괴로운 표정을 지었다.

"그다음부터는 손을 쓸 수가 없었습니다. 타카히사 님의 생각에 크게 반대해서 그런지 저를 적잖이 경계하셔서 상황이 긴박했습니다."

"그래서 리리아나 님이 타카히사에게 협력하게 됐다는 말이에요?"

리리아나가 그늘진 얼굴로 말을 흐리자 사츠키가 그 상황을 추측했다.

"네. 어디까지나 표면상으로요. 저는 그때 단독으로 해결하는 길은 포기했습니다. 타카히사 님께 양보하고 따르는 척하면서 뒤에서 프랑수아 국왕 폐하께 사태 해결 협력을 요청하기로 했습니다."

되도록 타카히사를 배신하고 싶지 않았는지 리리아나의 표정에 죄책감이 엿보였다.

그때 프랑수아가 입을 열었다.

"미하루 공, 사츠키 공, 하루토에게 미리 설명하지 못해 미안하다."

국왕으로서 가볍게 머리를 숙이지 않을 텐데 프랑수아가 정중히 고개를 숙이며 사과했다.

"아뇨, 오히려 이렇게 된 데는 제게도 책임이 있어요. 여러분께 폐를 끼쳐서…… 죄송합니다."

미하루는 아키와 마주하지 않은 자신의 과거를 탓하며 머리를 숙였다. 아키와 사이가 틀어질까봐 마주하지 않고 곁에 있으며 잠재된 문제를 오랫동안 보고도 모른 척했다.

그러자 사츠키도 복잡한 표정으로 입을 열었다.

"저도 결과적으로 최선의 대처였다고 생각하니 미하루가 그렇다면 할 말 없습니다."

사실은 할 말이 있다고 해야 하나, 저지할 계획을 세웠다고는 하나 일시적으로 미하루가 유괴되는 것을 무시한 것이 심리적으로 불편했지만, 사츠키가 저들이었어도 더 잘 대처했을 것 같지는 않았다. 오히려 저들이 우려한 사태가 벌어지게 상황을 악화시켰을 가능성이 컸다.

"두 분이 그렇다면 저도 더 드릴 말씀은 없습니다."

사람들의 눈길이 쏠리자 마지막으로 리오가 대답했다.

"그런가. 그러면 이제 타카히사 공과 아키 공의 처우를 결정해야겠군. 우리나라는 사츠키 공과 미하루 공의 의향을 존중하겠다."

프랑수아가 드디어 타카히사와 아키의 처우에 관한 이야기를 꺼내고 문제를 일으킨 두 사람과 동향인 사츠키와 미하루를 보았다.

"타카히사는 센트스텔라 왕국의 용사이니 리리아나 왕녀가 어떻게 하고 싶은지 알아야 판단할 수 있을 것 같습니다."

사츠키가 리리아나의 의중을 떠봤다.

"우리나라는 용사인 타카히사 님을 범죄자 취급할 수 없습니다. 하지만 벌은 꼭 받게 하겠습니다. 그 벌에 동의해 주셨으면 합니다."

리리아나가 확고하게 말했다.

"구체적으로 어떤 벌을 생각하고 계시죠?"

사츠키가 리리아나에게 물었다.

"미하루 님 유괴에 협력하기로 했을 때, 저는 타카히사 님과 계약을 했습니다. 유괴에 실패하면 제가 제시한 벌을 받겠다고 동의하셨습니다. 세세한 사항이 몇 가지 있으니 나중에 직접 계약서를 보여드리겠습니다. 원하시는 게 있다면 우리 쪽에서 타카히사 님께 그 벌을 이행할 용의도 있습니다."

리리아나가 거침없이 타카히사에게 주어질 예정인 벌을

말했다.

"……그렇군요. 그 계약서를 봐야 무슨 말을 할 수 있을 것 같은데…… 미하루는 뭐 생각나는 거 있어?"

사츠키가 미하루에게 물었다.

"저는…… 벌이라고 해야 하나, 타카히사가 할 수 있을지 모르겠지만, 두 사람이 무엇을 잘못했는지 진지하게 생각하고 하루토 씨를 포함해 본인들이 폐를 끼친 모든 분께 사과드리길 바라요."

미하루가 괴롭게 얼굴을 찌푸리며 말했다. 리리아나가 미하루를 응시하며 어두운 눈으로 입을 열었다.

"물론 본인에게 사과할 마음이 있다면 당장에라도 사과하시도록 하겠습니다만, 미하루 님이 생각하신 것처럼 타카히사 님이 사과하실지 의문입니다. 만약 사과하더라도 쉽게 용서받지 못하는 것이 가장 큰 벌이 되리라 봅니다. 저는 이번 일을 쉽게 용서할 생각이 없습니다."

없었던 일로 만들지는 않겠다. 리리아나가 조용한 분노를 담아 말했다.

"……걔를 위해서라도 쉽게 용서하면 안 되죠. 그 말이 맞아요. 하루토 군은 어떻게 생각해?"

사츠키가 리오에게도 의견을 물었다.

"저는…… 타카히사 씨에게 협력한 아키는 어떻게 되는지 궁금하네요."

리오가 아키의 처우를 언급했다.

"본인이 바란다면 당초 계획대로 우리나라로 데려가고자 합니다. 그렇게 되면 특별히 벌을 내리지는 않을 생각인데 미하루 님과 사츠키 님께서 원하시는 게 있다면 따르겠습니다."

리리아나가 아키의 처우에 관해 타카히사 때처럼 미하루와 사츠키의 의견을 물었다. 그러자 사츠키가 미하루의 얼굴을 보며 말했다.

"나는 아키도 쉽게 용서하면 안 된다고 봐. 미하루는 아키가 힘들어하는 걸 보면 용서해주고 싶을지도 몰라. 하지만 그게 아키에게 가장 큰 벌이고, 본인을 위한 일이기도 해. 그러니까 미하루는 물론이고 하루토 군도 한동안 만나지 않는 게 나을 거야. 어때?"

사츠키가 자기 의견을 말하고 먼저 미하루를 보며 물었다.

그러자 왜 아키가 타카히사에게 협력했는지 이유를 상상하고 아키 곁에 있어주고픈 감정이 싹텄던 미하루가 그 마음을 꾹 참고 고개를 끄덕였다.

"그건…… 네. 그럴지도 모르겠어요."

지금처럼 아키를 대하면 아키에게도 좋지 못하고, 똑같은 일을 반복할 뿐이었다.

"미하루는 그렇다는데, 하루토 군은?"

사츠키가 리오에게도 물었다.

"……이의 없습니다. 만약 아키가 미하루 씨를 따라가고 싶다고 해도 타카히사 씨를 따라가게 한다는 거죠?"

리오가 잠깐 망설이다가 바로 고개를 끄덕이고 물었다.

"그러면 내가 붙어서 아키를 감시할게. 그러니까 그때는 가르아크 왕국에 머물 수 있게 조처해주시겠습니까? 프랑수아 폐하."

사츠키가 프랑수아에게 부탁했다.

"물론이다. 처음부터 사츠키 공의 친구를 맞아들일 용의가 있었으니."

프랑수아가 너그럽게 고개를 끄덕였다.

"감사합니다."

사츠키가 꾸벅 고개를 숙였다. 미하루도 따라서 고개를 숙였다. 그때, 누군가가 응접실 문을 두드렸다.

"누구냐?"

프랑수아의 말에 말석에 앉은 샤를로트가 일어났다. 사람을 모두 물려서 지금은 방에 달리 아무도 없었다.

신분상, 옷전인 왕녀에게만 잔심부름을 시킬 수 없어서 리오도 일어나 샤를로트를 따라갔다.

"제가 열겠습니다."

"어머, 마치 제 전속 호위기사가 생긴 것 같아 기쁘네요."

리오가 나서서 문을 열자 샤를로트가 수줍어하며 기뻐했다. 문을 여니 경비기사 외에 다른 기사가 서 있었다.

"센트스텔라 왕국의 용사님을 성으로 모셨습니다. 이곳으로 안내할까요?"

가슴에 오른손을 얹고 경의를 표하며 보고했다.

"상태는 어떻지? 난동을 부리지는 않나?"

프랑수아가 앉은 채로 물었다.

"아뇨. 부루퉁하지만, 아무것도 하지 않고 침묵으로 일관 중입니다."

"그래. 응접실 옆으로 데려오도록."

"그리하겠습니다."

기사가 정중히 고개를 숙이고 자리를 떴다. 리오는 조용히 문을 닫았다.

"자, 돌아갈까요? 하루토 님."

샤를로트가 리오에게 달라붙어 자리로 돌아갔다.

"어떡하겠나? 짐은 특별히 여기 있는 누구보다 먼저 타카히사 공을 만나야 할 이유는 없다만."

프랑수아가 사츠키와 리리아나를 보며 물었다.

"저는 잠깐, 두 사람과 대화를 해보고 싶습니다. 미하루와 하루토 군을 대신해서요."

사츠키가 즉각 아키도 포함해 면회를 청했다.

"그럼 아키 공도 옆방으로 부르도록 하지. 그동안 리리아나 왕녀가 타카히사 공과 면담하겠다면 옆 응접실로 가지."

"아뇨, 타카히사 님과 아키 님이 같이 계신 자리에서 이야기하는 편이 수고를 줄 테니 저도 아키 님이 오실 때까지 기다리겠습니다. 순서는 사츠키 님 다음이어도 괜찮습니다."

프랑수아가 리리아나가 대화를 나누었다.

"그러면 리리아나 왕녀도 동석하시겠습니까? 그 편이 한 번에 많은 이야기를 할 수 있을 거예요."

사츠키가 리리아나도 함께 이야기하길 권했다.

"알겠습니다. 그렇게 하지요."

리리아나가 정중히 고개를 끄덕였다.

"감사합니다. 미하루와 하루토 군은 마사토를 불러와서 설명해줄래?"

사츠키가 타카히사와 아키를 자진해서 떠맡고 미하루와 리오에게 마사토를 맡겼다.

"……네. 맡겨주세요."

미하루가 얼굴에 그늘을 드리우고 살짝 망설이면서도 고개를 끄덕였다. 지금은 타카히사와 아키를 만날 때가 아니라고 정했으니까……

"그러면 아키 공과 마사토 공을 데려오라 하겠다. 아키 공은 옆 응접실에서, 마사토 공과는 이 방에서 이야기 나누지."

이리하여 사태가 다음 단계로 넘어갔다.

약 10분 후. 아키와 마사토를 데려왔다는 보고를 받고 사츠키와 리리아나와 교대하듯이 마사토가 리오와 미하루가 있는 방으로 들어왔다.

"하루토 형, 미하루 누나, 대체 무슨 일이야? 아키 누나가 창백한 얼굴로 다른 방으로 갔어."

들어올 때 사츠키를 보고 무슨 말을 주고받은 마사토가 리오와 미하루에게 물어보라는 말을 들었는지 들어오자마자 당황해서 물었다.

"설명해줄 테니까 일단 앉아."

리오가 애써 침착한 목소리로 마사토를 불렀다.

"흠. 짐과 샤를로트는 가겠다. 뒷일을 맡기지, 하루토."

아직 응접실에 있던 프랑수아가 자리에서 일어났다.

"배려해주셔서 진심으로 감사드립니다, 폐하."

리오도 따라서 일어나 가슴에 오른손을 대고 프랑수아에게 머리를 숙였다. 미하루도 서둘러 일어나 리오와 함께 머리를 숙였다.

"됐다. 짐은 짐대로 샤를로트에게 그대의 무용담을 듣도록 하지. 가자."

프랑수아가 기분 좋게 웃음을 흘리고 샤를로트와 함께 방을 나갔다. 방에는 리오, 미하루, 마사토만 남았다.

"마사토는 여기에 앉을래?"

미하루가 자기가 앉았던 곳에 마사토를 부르고 자기는 리오 옆에 앉았다.

"응……."

마사토는 맞은편에 앉은 리오와 미하루의 안색을 살피며 자리에 앉았다.

"음, 깜짝 놀랄 수도 있는데······."

미하루가 망설이며 이야기를 꺼냈다.

"미하루 씨, 제가 설명할게요."

리오가 자기가 설명하겠다고 했다. 다름 아닌 피해자인 미하루가 직접 설명하는 것은 너무하다고 생각했다.

"뭐, 뭔데······."

마사토가 심상치 않은 분위기를 느끼고 위축돼서 몸을 움츠렸다.

"머리가 새하얘질 테니까 간단하게 말할게. 미수로 끝났지만, 타카히사 씨가 미하루 씨를 유괴하려다 실패했어. 아키도 거들었고."

리오가 짧게 말했다.

"······뭐?"

예상대로 마사토는 얼이 빠져 굳어버렸다.

"타카히사 씨와 아키가 미하루 씨를 유괴하려고 작별 인사 핑계를 대면서 우리를 정원으로 불러냈어. 그러다 모두 자리를 뜨고 미하루 씨와 단둘이 남자 타카히사 씨가 미하루 씨를 납치했고. 지금 사츠키 씨와 리리아나 왕녀님이 옆방에서 두 사람과 이야기 중이야."

"······진짜야?"

마사토가 넋이 나가 중얼거렸다.

"응, 사실이야. 중간에 성 사람들에게 들켜서 소란이 벌어지기도 했고 **범행이 발각된 후에** 리리아나 왕녀님도 증인으로 진술해주셨어. 마도선으로 끌려간 미하루 씨를 데려온 사람은 나고."

리오가 거짓말을 섞어서 딱딱하게 말했다.

"아아아아…… 젠장, 무슨 짓을 한 거야……."

마사토가 얼굴을 찌푸리고 울 것 같은 목소리로 중얼거렸다.

"마사토……."

미하루가 입술을 깨물었다.

"미안해, 미하루 누나. 형과 아키 누나가……."

마사토가 자기가 저지른 잘못을 사과하듯이 미하루에게 사과했다.

"사과하지 마, 마사토. 가장 가까이 있으면서 아키의 응어리를 보고도 못 본 척한 나도 잘못이 있어……."

미하루가 비통한 표정으로 자기 가슴속에 휘몰아치는 자책감을 토로했다.

"그게 잘못된 생각이라고 단언할 수는 없지만, 옳지 않다고 생각하지 않나요? 죄를 짊어져야 하는 것은 죄를 범한 사람이에요. 부분적이라도 떠맡아주는 것은 죄를 범한 본인에게도 좋지 않아요. 그러니까 미하루 씨와 마사토의 잘못이 아닙니다. 두 사람을 소중하게 여기는 마음까지 부정할 생각은 없지만, 그 부분은 잘라내고 생각해야 악순환에서 벗어날 수 있어요."

리오가 논리정연하게 말했다.

"······하지만, 나 어떻게 해야 할지 모르겠어······."

마사토가 사그라질 것 같은 목소리로 중얼거렸다. 리오의 말이 마음에 닿았으나 어떻게 해야 할지 몰랐다.

"중요한 건 어쩌고 싶으냐야. 어떻게 해야 하느냐가 아니야. 무엇을 하고 싶은지 부터 거꾸로 생각해서 자기가 무엇을 할 수 있는지 생각해보면 되지 않을까? 뭐, 현실은 하고 싶은 게 너무 많고 모순돼서 말처럼 쉽지 않겠지만······. 일단 지금은 사실을 받아들이는 데 시간을 들이고 거기서부터 생각해보면 돼."

리오가 살짝 어두운 표정을 지으면서도 타이르듯이 다정하게 마사토에게 조언했다.

"하루토 형······."

마사토가 감격한 표정을 지었다.

"적어도 나는 이번 일로 마사토가 잘못했다고 탓할 생각 없어. 미하루 씨도 마찬가지일 거야. 마사토도 미하루 씨가 잘못했다고 생각하지 않잖아?"

"으, 응! 물론이지!"

"그럼 자기 탓은 그만둬. 그것부터 시작하자."

"알았어······."

마사토가 순순히 고개를 끄덕였다.

"미하루 씨도요."

리오가 옆에 앉은 미하루를 보았다.

"네, 네."

미하루가 리오의 말을 경청하고 있었는지 움찔하며 대답했다.

"불필요하게 자기 책임을 확대하지 마세요. 정말로 그 둘을 소중히 여기면 두 사람의 죄를 떠맡는 게 아니라 죄를 지은 두 사람을 지탱해주고 때로는 거칠게 뿌리치고 지켜봐야하니까요. 그래서 두 사람과 한동안 만나지 않아야겠다고 생각했잖아요?"

"……네, 맞아요."

"그럼 더는 자신을 탓하지 마세요. 제가 할 말은 이게 다예요."

리오가 이야기를 마무리하고 살짝 어깨를 으쓱하며 한숨을 내쉬었다.

'……어른이네, 하루토 씨.'

일본에서는 대학생까지 됐고 이 세계에서도 살아온 세월이 있으니 당연하다면 당연하지만, 미하루는 리오의 말을 듣고 강하게 실감했다.

그에 비해 자신은 어떻지? 빈말로라도 어깨를 나란히 한다고 할 수 없었다.

역시 난 아직 멀었어……. 미하루는 리오에게 믿음직함을 느낌과 동시에 자신의 미숙함을 답답하게 여겼다.

한편, 시간을 조금 거슬러 올라간다.

"들어갈게."

사츠키가 타카히사와 아키가 기다리는 응접실에 발을 들였다. 그 뒤에는 리리아나도 있었다.

"사, 사츠키 선배…… 리리……."

타카히사가 몹시 껄끄러운 표정으로 사츠키와 리리아나에게서 눈을 돌렸다. 똑바로 쳐다볼 수 있을 리가 없었다.

"……."

아키는 의자에 앉아 창백하게 질려 잔뜩 움츠러들었다.

"실행범인 타카히사는 말할 것도 없지만, 아키도 이 방에 온 의미는 알고 있겠지?"

사츠키가 크게 한숨을 내쉬고 선 채로 입을 열었다.

"아, 저기……."

아키가 움찔하며 사츠키 뒤에 있는 리리아나를 보았다.

"대체 무슨 짓을 한 거야? 너희들."

사츠키가 리리아나와 아키 사이에 서서 시선을 가로막고 기막힘과 분노를 숨기지 않고 대놓고 물었다.

"……."

둘 다 대답하지 못했다. 타카히사는 벌레 씹은 얼굴로 엉뚱한 방향을 노려봤고 아키는 죄책감이 짙은 얼굴로 눈둘 곳을 찾지 못했다.

"아키, 너희가 얼마나 돌이킬 수 없는 큰일을 저질렀는지 이제야 이해가 되기 시작했니? 타카히사는 얼굴을 보아하니 아직 이 상황이 불만스러운가 봐?"

"……리리가 말했어요?"

타카히사가 뚱하게 물었다.

"그런 조건으로 리리아나 왕녀의 협력을 얻어냈잖아? 당연하지. 자국의 용사가 타국에서 소란을 일으켰으니까. 국제 문제라고. 너희가 조금이라도 불리해지지 않게, 나라가 불리해지지 않게 **소동이 발각된 뒤에** 사방팔방으로 움직이셨어. 그런데 네 태도는 뭐야? 네 억지로 미하루의 뜻을 짓밟고, 많은 사람에게 민폐 끼치고, 알고는 있는 거니?"

사츠키가 타카히사의 태도를 보고 화가 많이 났는지 리리아나가 사전에 프랑수아와 내통한 사실에 거짓말을 섞으며 강하게 타카히사를 규탄했다.

"……."

타카히사가 입술을 깨물며 괴롭게 얼굴을 일그러뜨렸다.

"아무리 본인이 협력하겠다 했어도 아키까지 휘말리게 하고……. 원래는 오빠인 네가 말려야 하잖아."

"……."

타카히사는 여전히 뚱한 얼굴로 침묵했다. 아키는 비난받은 타카히사의 안색을 곁눈질로 살피며 뒤가 켕기는 듯 떨떠름한 표정을 지었다.

"그 표정은 자기가 나쁜 짓을 했다고 눈곱만큼도 생각하지 않는다는 건가? 아니면 자기가 잘못했다는 걸 인정하고 싶지 않은 표정?"

"아뇨……."

타카히사가 퉁명스럽게 대답했다.

"그래. 이제 됐어. 무슨 말을 해도 들을 생각이 없는 모양이니까 결론부터 말할게."

사츠키가 몹시 어이없어하며 큰 한숨을 내쉬었다.

"너희가 한 짓은 범죄야. 쉽게 용서받을 수 있는 일이 아니야. 쉽게 용서하면 너희한테도 안 좋아. 그래서 나도, 하루토 군도, 미하루도 너희를 쉽게 용서하지 않기로 했어. 지금 걔네는 마사토에게 무슨 일이 있었는지 설명하는 중인데 한동안 너희 얼굴을 보지 않는 게 낫다고 결정했거든. 걔네는 너희를 만나지 않을 거야."

단호하게 말했다. 쉽게 용서하지 않겠다. 미하루도, 리오도 만나주지 않기로 했다.

"아……."

그 말에 아키의 얼굴이 더 창백해졌다.

"우리가 한 짓이 범죄이더라도, 그 남자도…… 그자도 범죄자잖아요! 그것도 살인자! 그런데……!"

타카히사가 가슴속에 휘몰아치는 격렬한 감정이 폭발했는지 매달리는 얼굴로 내뱉었다.

"말할 가치도…… 아니, 불쌍하다, 불쌍해."

사츠키가 얼굴을 찡그렸다가 한심하다는 표정을 지었다.

"불쌍?"

타카히사가 반항적인 눈빛으로 사츠키를 보았다.

"그렇잖아? 하루토 군이 사람을 죽였다느니 어쨌다느니 그건 그냥 변명에 불과해. 너는 미하루가 자기가 아닌 다른 사람을 좋아하는 걸 허락할 수 없을 뿐이야. 질투하다가 이상해져서 범죄까지 저질렀어. 하루토 군에게 쉽게 비난할 수 있는 부분이 있으니까 거기에 매달려 끌어내리려고 했을 뿐이잖아. 이걸 불쌍하다고 안 하면 뭐라고 해?"

사츠키가 시원하게 말했다.

"뭣, 아……."

타카히사는 아연실색해서 말문이 막혔다. 반박하려고 했으나 말이 나오지 않았다. 분노와 수치심이 뒤섞여 눈앞이 새까매졌다.

"너는 미하루가 좋아하는 사람이 되지 못했어. 선택된 건 하루토 군. 처음부터 그렇게 정해진 거야. 상대를 끌어내리면 네 위치가 올라갈 줄 알았어?"

사츠키가 타카히사의 추악함을 드러내고 싶은지 도발하듯이 물었다.

"아, 아니야! 만약, 만약 미하루가 나와 함께 소환됐더라면!"

"만약 미하루가 너와 함께 소환됐더라도 미하루가 너를 좋아할 일은 없어. 그걸 받아들이지 않으면 너와 우리 관계는 진전이 없을 거야. 그렇게 생각하고 싶지 않지만, 그렇게 생각해."

사츠키의 얼굴에 짙은 그림자가 드리웠다. 그리고 아키

를 보고 고운 입술을 내밀며 말했다.

"아키도 계속 어린애로 있을 수는 없으니까 이제 좀 성숙해지도록 해. 평생 억지 부리며 미하루를 묶어둘 생각이었어?"

"저, 저는…… 저는, 단지……."

아키가 기어들어가는 목소리로 중얼거렸다.

사실은 그냥 옛날 같은 관계로 돌아가고 싶었을 뿐이었다. 그런데 정신이 드니 그 관계가 무너져 사라지려고 했다. 다름 아닌 자신의 손에 의해…….

"하루토 군과의 일도 그래. 무엇을 어떻게 해주길 바라는지 제대로 마주하고 부딪쳐서라도 전달했어야 해. 그래서 어제 대련했을 때 내가 하루토 군에게 부탁했어. 사양하지 말고 타카히사와 아키와도 부딪쳐달라고. 그러지 않으면 우리는 앞으로 나아갈 수 없다고. 그래서 하루토 군은 어젯밤에 홀로 너희를 만나러 간 거야. 그런데 너희는 미하루를 유괴해 떠나려고 했어."

사츠키가 가슴이 먹먹한지 슬프게 얼굴을 찌푸렸다.

"……."

아키는 아무 말도 하지 못했다. 사츠키의 얼굴을 똑바로 보지 못하고 껄끄러운지 창백한 얼굴을 숙였다.

"아키는 하루토 군을 박정하다고 생각할지도 모르겠지만, 정작 박정한 게 누구야? 미하루의 뜻을 짓밟고서라도 본인들 하고 싶은 대로 하려고 비열한 수를 써서 하루토 군에게 은혜를 원수로 갚고."

"……."

"이런 일을 저질렀으니 더는 아이 취급하지 않겠어. 가만히 있으면 네가 원하는 대로 미하루가 움직이고 손을 내밀어줄 거라 생각하지 마. 앞으로 어떻게 할 건지, 어떻게 하고 싶은지 전부 다 스스로 생각해."

만약 용서받고 싶다면. 자신의 행동을 반성하고 미하루와 하루토 군에게 진심으로 사과할 뜻이 있다면 말이야. 사츠키는 이 말을 덧붙이려다 말았다. 용서받고 싶은지도 포함해서 아키가 홀로 생각하길 바랐다.

"……."

아키는 고개 숙인 채, 눈물을 글썽이며 주먹을 꼭 쥐었다.

"죄송합니다, 리리아나 왕녀. 제 할 말만 했네요. 하실 말씀 있으면 하세요."

사츠키가 지금도 입을 다물고 있는 아키를 보며 한숨을 내쉬고 리리아나에게 순서를 양보했다.

"전달할 사항은 사츠키 님이 말씀해주셨으니 저는 짧게 하겠습니다."

리리아나가 운을 뗐다.

"타카히사 님. 타카히사 님이 억지를 부리시기 전에 제가 절대 성공할 리가 없다고 말씀드렸죠. 그 결과가 이렇습니다. 뒷일은 어떻게 될지 말씀드리지 않아도 아시겠지요?"

리리아나가 도도하게 미리 외운 것처럼 말했다.

"……센트스텔라 왕국으로 돌아가 벌을 받고 용사가 되면 되잖아."

타카히사가 퉁명스럽게 말했다.

"네. 늦어도 며칠 내로 귀국할 예정입니다. 아키 님도 우리나라로 가기로 하셨으니 언제든 출국할 수 있게 준비하세요."

리리아나가 아키를 보며 담담하게 결정된 사항을 전달했다.

"……아, 네."

아키가 움찔하며 끊어질 것 같은 목소리로 조심스럽게 대답했다. 출국까지 며칠이라는 시간이 긴지, 짧은지…….

이대로 대화할 기회도 없이 소중한 사람들과 영영 헤어지게 된다는 게 갑자기 실감나서 공포가 밀려왔다. 이럴 때는 항상 미하루에게 의지했다. 그러나…….

"물론 미하루도 하루토 군도 배웅가지 않아. 할 말 있으면 내가 들어줄 테니까 출국하기 전까지 불러."

"……."

아키는 절벽에서 떨어진 듯한 착각이 들었다. 이제 미하루는 손을 내밀어주지 않는다. 만나주지도 않는다.

너무하다고는 생각하지 않았다. 너무한 것은 자기니까. 이성을 잃고 날뛰다가 전부 실패한 지금…….

"으, 윽, 윽……."

아키는 무서울 정도로 냉정하면서도 머리가 텅 비어서 무엇을 어떻게 해야 할지 몰라 눈물을 뚝뚝 흘리며 울음을 터뜨리고 말았다.

"……난 그만 갈게."

사츠키는 아키의 울음소리를 듣고 떨떠름한 표정을 지으며 입술을 깨물었지만, 마음을 단단히 먹고 발을 돌렸다.

"저는 두 분을 방으로 모시겠습니다. 사츠키 님, 먼저 가시지요. 나중에 또 뵈러가겠습니다."

리리아나가 사츠키에게 퇴실을 권하고 소파에 앉아 우는 아키에게 다가갔다.

"실례하겠습니다."

사츠키는 더는 못 참겠다는 듯 리리아나에게 인사한 뒤 밖으로 나갔다.

"마사토."

이야기가 끝나기를 기다렸는지 경비기사들 옆에 마사토가 서 있었다.

"형, 누나와 잠깐 이야기하고 싶어. 들어가도 될까? 하루토 형과 미하루 누나한테 허락받았어."

마사토가 여러 감정이 섞인 복잡한 표정으로 사츠키에게 물었다.

"응, 들어가."

사츠키가 아직 완전히 닫히지 않은 문을 마사토를 위해 열어줬다. 타카히사와 아키는 마사토의 형이고 누나였다.

본인이 원하면 얼굴을 마주 보고 이야기해야 한다고 생각했다.

"고마워. 하루토 형이랑 미하루 누나는 아직 옆방에 있어."

마사토가 그 말을 남기고 안으로 들어가자 사츠키는 문을 닫았다.

"……돌아가자."

사츠키는 깊은 한숨을 내쉬고 리오와 미하루가 있는 응접실로 향했다.

◇ ◇ ◇

──중요한 건 어쩌고 싶으냐야. 어떻게 해야 하느냐가 아니야. 무엇을 하고 싶은지 부터 거꾸로 생각해서 자기가 무엇을 할 수 있는지 생각해보면 되지 않을까?

리오의 말에 마사토가 제일 먼저 하고 싶다고 생각한 것은 실로 간단했다.

"나, 형과 아키 누나와 이야기하고 싶어."

리오와 미하루에게 생각을 전하고 형과 누나가 있는 방으로 갔다. 사츠키와 교대하듯이 안으로 들어간 마사토의 눈에 무뚝뚝하게 얼굴을 찌푸린 타카히사와 옆에서 우는 아키, 그리고 서서 아키의 등을 다독이는 리리아나가 비쳤다.

"뭐야, 이게……."

마사토는 괴롭게 얼굴을 찌푸리고 내뱉듯이 중얼거렸

다. 한심하고, 꼴사납고, 이 세계에서 신세진 사람들을 볼 면목이 없었다.

"마사토 님……. 아키 님은 지금 기분이 안 좋으셔서 좀 진정되면 방으로 모시겠습니다."

아키 님은 우시느라 제대로 이야기할 수 있는 상태가 아닙니다. 타카히사 님도 보시는 대로……. 리리아나가 심적 피로가 드러나는 얼굴로 마사토에게 넌지시 전했다.

불평부터 한마디 하고 본인들의 입으로 사정을 들을 생각이었는데 말이 나오지 않았다. 형과 누나가 너무나 한심하게 보여서…….

지금 이곳에서 가장 불운한 사람은 누가 봐도 리리아나였다. 타카히사를 자국의 용사로 삼았으니 무슨 일이 있어도 저버릴 수 없어서 이용당했다.

동생으로서 부끄럽고 미안했다.

"……죄송합니다. 아키 누나는 제가 방으로 데려갈 테니 형을 부탁드려도 될까요?"

마사토가 리리아나에게 머리를 숙이고 아키에게 다가갔다.

"흐, 흑……."

"자, 일어나. 아키 누나."

마사토가 무뚝뚝하게 오열하는 아키를 재촉했다. 팔을 잡아당기자 아키가 힘없이 일어났다.

"울 거면 처음부터 나쁜 짓을 하지 말라고…….."

마사토가 안타까워하며 중얼거렸다.

◇ ◇ ◇

한편, 국왕 집무실에서는 프랑수아가 샤를로트와 1대 1로 대담 중이었다. 가장 중요한 화제는 물론…….

"이상으로 우리나라는 앞으로 하루토 님을 사츠키 님 수준의 중요인물로 후대하고 더 우호적인 관계를 쌓아야 한다고 아뢰옵니다."

리오에 관한 것이었다. 더 정확하게는 리오가 미하루를 구한 경위를 샤를로트가 보고한 참이었다.

"너치고는 제법 열띤 보고구나. 대체 무슨 바람이 불었지?"

프랑수아가 웃음을 머금고 물었다.

"열띤 것도 당연하죠. 기수도 없이 단신으로 비행 중인 마도선에 올라 인질을 구출한 분인 걸요? 이번 일로 아룡의 브레스를 받아쳤다는 이야기도 헛소문이 아니라고 확신했습니다. 우리나라에 하루토 님과 같은 일을 할 수 있는 사람이 있을까요? 우리나라에는 벨트람 왕국의 왕의 검 같은 명망 있는 거불도 없고, 말씀드리지 않아도 아버님은 하루토 님의 존재 가치를 아시잖아요."

"하루토의 희소성은 안다만……. 설마하니 반하기라도 했느냐?"

"네. 그 설마랍니다."

샤를로트가 조금의 망설임도 없이 우아하게 웃으며 고

개를 끄덕였다.

"……."

프랑수아가 보기 드물게 눈을 크게 뜨고 놀라움을 드러냈다. 그리고 진심으로 하는 소리냐? 라는 듯이 의아한 표정을 지었다.

"어머, 그렇게 놀라실 건 없잖아요. 사랑을 해본 적이 없어서 잘은 모르겠지만, 저도 아가씨인걸요. 네, 이건 틀림없이 사랑이에요. 지금도 하루토 님을 생각하면 가슴이 두근거려요. 하루토 님을 원한다는 생각이 들 정도로."

샤를로트가 귀엽게 볼을 부풀리고 아버지에게 자신의 마음속을 털어놓았다.

"미안하구나. 짐은 네가 남자를 홀릴 만큼 홀려서 가지고 놀고 마음대로 손에 넣고 굴려서 인간관계가 틀어지는 것을 보며 기쁨을 느끼는 악녀인 줄 알았다. 놀랍구나."

사과는커녕 친딸에게 할 말이 아닌 심한 말이었다.

"그런 데서 기쁨을 느끼기는 하지만, 진정한 의미로 제 마음대로 되지 않는 남성에게, 제 손에 잡힐 것 같지 않은 남성에게 처음으로 이렇게 가슴이 두근거렸는걸요. 그리고 그런 남성을 언젠가 제 것으로 만들고 싶다는 충동도 솟구쳐요."

샤를로트는 딱히 기분이 상하지는 않았는지 오히려 희열에 젖은 요염한 미소를 지었다.

"……내 딸이지만, 참 비뚤어졌도다."

프랑수아가 오른손으로 이마를 짚고 기막혀하며 탄식했다.

"어머, 그런 환경에서 키운 건 아버님이시잖아요."

샤를로트가 짓궂게 웃으며 아버지의 얼굴을 바라보았다.

"짐에게 이 이야기를 하는 목적이 뭐냐?"

"가만히 있어도 아버님이 간파하실 테니 빨리 말씀드려
야겠다고 생각한 것이 하나. 어차피 가까운 시일 내에 우
리나라 귀족 사이에서 하루토 님의 약혼자를 주선해야 한
다는 이야기가 나돌 테니 아버님의 권한으로 막아주시길
바라는 것이 또 하나. 그때는 뒤에서 꼭 저를 후보로 삼아
주시길 바라는 것이 마지막 하나입니다."

"……아무리 명예기사가 됐다고는 하나 왕족과 쉽게 혼
인할 수 있을 것 같으냐?"

"어머. 아버님은 사츠키 님과 하루토 님을 맺어주는 것
도 한 가지 방법이라고 생각하셨잖아요?"

"왜 그렇게 생각하지?"

"쓸데없는 말씀은 하지 않으시는 아버님이 하루토 님께
약혼자를 주선하려는 귀족들의 입을 막아주셨으면 한다는
제 부탁을 뛰어넘어 혼인을 말씀하셨기 때문이에요. 제가
부탁드리지 않아도 처음부터 그럴 생각이셨죠? 그건 왜
냐? 사츠키 님의……."

"그만 됐다. 참으로, 너무 영리한 것도 생각해볼 일이군."

프랑수아가 귀찮아하며 손을 내젓고 한탄했다.

"후후, 진심으로 숨길 마음도 없으셨으면서 그렇게 말씀

하시긴."

샤를로트는 부드러운 미소를 잃지 않았다. 부녀 사이인데 태연하게 서로 속고 속이는 듯한 대화를 주고받는다. 이 점이 아니라면 프랑수아도 샤를로트를 여러모로 중용하지 않았다.

"다만, 왕족과의 혼인이 쉽게 허락되지 않으리란 것은 사실이다. 상식을 초월하고 관례에 묶이지 않은 만큼 용사가 가능성이 커."

"그 점은 걱정하지 마세요. 앞으로도 우리나라와 관계를 유지하면 늦든 빠르든 하루토 님이라면 더 큰 무공을 세우실 테니까요. 그야말로 관례에 사로잡혀 머리가 굳은 귀족들도 이해할 정도로요."

"근거 있는 자신감이냐?"

"네. 남성을 보는 제 눈이 근거예요."

"훗……."

프랑수아가 무심코 유쾌한 웃음을 흘렸다.

"가령 사츠키 님과 하루토 님이 맺어지신다면 제1 부인의 자리는 사츠키 님께 양보하고 제2 부인 자리를 노리겠습니다. 현재 명확한 라이벌은 미하루 님, 리제롯테도 점 찍어두는 게 좋겠네요. 뭐, 문제는 하루토 님이 누군가와 인연을 맺을 뜻이 없어 보인다는 것이지만요."

샤를로트가 혼잣말하듯이 눈을 빛내며 미래를 그렸다.

'그 계획과 예상이 어디까지 현실이 될지는 몰라도 설마

이 녀석이 이렇게까지 한 남자에게 빠질 줄은…….'

세상일은 한치 앞도 알 수가 없다. 그렇게 생각하니 실현성이 낮은 샤를로트의 미래예상도도 말이 안 된다고 잘라버리기 망설여졌다.

프랑수아는 제법 열이 오른 딸을 보고 가르아크 왕국의 미래를 바라보듯이 허공을 응시했다.

◇ ◇ ◇

사츠키는 마사토와 교대해 아키와 타카히사를 떠나 리오와 미하루가 있는 응접실로 돌아갔다. 두 사람에게 타카히사와 아키에게 무슨 말을 했는지, 두 사람이 어떻게 반응했는지 말하고 이번 일로 여러 이야기를 주고받았다.

"……질문해도 될까요? 하루토 씨."

미하루가 옆에 앉은 리오를 보며 조심스럽게 말을 걸었다.

"네, 물론이죠."

"그, 하루토 씨는 타카히사에게 무슨 말을 듣고 그 결투를 승낙한 거예요?"

리오가 흔쾌히 고개를 끄덕이자 미하루가 물었다.

"……자기가 이기면 미하루 씨를 거절하라고 했어요. 그런데 처음부터 무슨 말을 하든 타카히사 씨와 마주할 작정이었으니까 무슨 말을 했느냐는 별로 관련 없어요."

리오가 천장을 올려다보며 잠시 생각하고 사츠키를 보

며 대답했다.

"대련했을 때, 내가 하루토 군에게 부탁했어. 부딪치지 않으면 모르는 게 있고, 전해지지 않는 것도 있으니까 사양하지 말고 타카히사와 아키와 제대로 부딪쳐주길 바란다고. 하지만 그 결과가 지금 사태로 이어졌으니, 미안해. 나 때문에……."

사츠키가 진심으로 미안해하며 사과하고 입술을 깨물었다.

"무슨 말씀이세요?"

리오가 조금 어이없어하며 말했다.

"응……?"

"그때 제대로 부딪쳤으니까 알게 된 거잖아요. 한 번 부딪쳐서 마주하는 정도로는 쉽게 해결할 수 없을 만큼, 불만이 폭발할 만큼, 서로 마음이 어긋났다는 걸 제대로 알게 됐죠. 아닌가요?"

"……아니, 맞아."

사츠키가 눈을 깜빡이고 맞은편에 앉은 리오의 얼굴을 보며 대답했다.

"그러면 부딪치지 않고 잠재적인 문제와 불만을 품은 채, 전진하지 않는 것보다는 낫다고 봐요. 뭐, 사츠키 씨가 부탁할 때까지 미하루 씨와 제대로 마주하지 않은 제가 할 말은 아니지만요."

리오가 살짝 자조했다.

"마사토에게도 똑같이 말했지만, 뒷일은 사츠키 씨가 어

떻게 하고 싶은지 잘 생각하고 행동하면 돼요. 아직 돌이
킬 수 있다고 생각한다면 시간을 두고 머리를 식힌 다음에
다시 부딪쳐보는 것도 좋을 거예요. 사츠키 씨가 납득이
갈 때까지. 소극적인 것보다는 적극적인 게 사츠키 씨다우
니까요."

리오가 말을 덧붙이고 이번에는 재미있다는 듯이 키득
웃었다.

"……뭐, 뭐야. 갑자기 사람이 변한 것처럼 어른스러워져
서는 무게 잡고 나에 대해 아는 것처럼 말하고 막 그러네?"

사츠키가 부끄러운지 얼굴을 붉히며 입을 내밀었다.

"그래요?"

리오가 이상하다는 듯이 고개를 갸웃거렸다.

"그래. 그렇지? 미하루."

사츠키가 동의를 구하며 미하루에게 말을 돌렸다.

"네. 뭐라고 하지, 분위기가…… 부드러워진 것 같아요."

미하루가 옆에 앉은 리오의 옆모습을 힐끗 살폈다. 그러
다 리오와 눈이 마주치자 얼굴을 붉히며 냉큼 눈을 피했다.

"……너희 무슨 일 있었어?"

사츠키가 리오를 물끄러미 보며 물었다.

"왜 저를 보면서 물으세요?"

리오가 난감한 얼굴로 되물었다.

"미하루를 봐. 저렇잖아."

사츠키가 아직도 조금 부끄러운지 얼굴이 빨간 미하루

를 보며 말했다.

"저는 특별히 할 말이 없네요. 굳이 말하자면 앞으로도 잘 부탁한다고 다시 말한 정도? 아마카와 하루토로서는 아니지만요……."

"흐으음……."

이해했는지 안 했는지 사츠키가 리오의 얼굴을 보며 모호하게 맞장구치고 미하루를 보며 생각했다.

미하루에게도 따로 물어봐야겠다고.

미하루가 안 좋은 예감이 들었는지 사츠키에게서 고개를 돌렸다. 그때, 갑자기 응접실 문을 두드리는 소리가 났다.

"아, 마사토인가?"

미하루가 나서서 일어나 문으로 갔다. 문 밖에는 마사토가 있었는데 표정이 어두웠다. 아니, 진지했다.

"할 말이 있어."

마사토가 마주 선 미하루를 보며 말했다.

【 제 2 장 】 ❈ 마사토의 결단

"할 말이 있어."

마사토가 차분한 얼굴로 말했다.

"……응, 알았어. 들어 와, 마사토."

미하루가 마사토의 표정을 보고 중요한 이야기임을 눈치채고 조용히 안으로 들였다. 마사토는 고개를 끄덕이고 미하루를 따라 방으로 들어갔다.

"자, 앉아." "응."

사츠키가 마사토에게 자기 옆에 앉으라고 권했다. 미하루가 원래대로 리오 옆에 앉자 2 대2로 얼굴을 마주 보게 됐다.

"할 말이라는 건 타카히사와 아키에 관한 거야?"

사츠키가 마사토의 얼굴을 들여다봤다.

"응. 형도, 아키 누나도 멀쩡하게 대화할 상태가 아니라 리리아나 공주님과 같이 방으로 데려갔는데……."

"무슨 일 있었어?"

"아니, 무슨 일이 있었던 건 아닌데……."

마사토가 답답한지 얼굴에 그늘을 드리우고 눈을 내리떴다.

"……저기, 형과 아키 누나는 이대로 센트스텔라 왕국으로 가는 거지?"

뜸을 들이다 살짝 고개를 들고 조심스럽게 질문을 입에 담았다.

"뭐, 그렇게 되겠지? 타카히사는 센트스텔라 왕국의 용사고, 리리아나 왕녀도 데려가지 않으면 곤란할 테니까 다른 선택지는 없을 거야. 아키는 본인이 남고 싶다고 하면…… 한동안은 여기서 지낼 수 있게 내가 폐하께 부탁해 볼게."

사츠키가 두 사람의 처지를 짚으며 대답했다.

"그래. 그렇구나……."

마사토가 얼굴에 어두운 그림자를 드리웠다.

"……혹시 그 둘이 센트스텔라 왕국으로 안 갔으면 좋겠어?"

사츠키가 리오, 미하루와 눈빛을 주고받고 마사토에게 물었다.

"아니, 그런 건 아니야. 엄청 멍청한 짓을 했지만, 센트스텔라 왕국에는 형이 필요하다고 하루토 형이 여러 번 가르쳐줘서 잘 알아. 나도 세 사람과 같아. 형과 아키 누나가 저지른 짓은 쉽게 용서할 수 없어. 둘이 제대로 반성도 하지 않고 앞으로도 미하루 누나와 하루토 형 곁에 있으면 또 이상한 짓을 벌일 지도 몰라. 그러니까 거리를 두는 게 낫다는 것도 알아. 하지만, 하지만……."

마사토는 거기까지 말하고 그다음 말이 옳지 않다고 생각하는지 몹시 망설였다.

"괜찮아. 하고 싶은 말을 해. 무조건 부정하진 않을게."

리오가 망설이는 마사토의 등을 떠밀었다.

"……저렇게 멍청해도 내 혈육이라고 해야 하나, 자업자득인데 부루퉁한 형과 엉엉 우는 아키 누나를 보니까 왠지 동생으로서 엄청 한심하더라. 리리아나 공주님이 둘을 돌보는 모습을 보니 안절부절못하겠더라고. 왜 남한테 꼴사나운 가족을 돌보게 해야 하는가 싶어서. 솔직히 곁에 남는 건 본의가 아니지만, 내가 옆에 없으면 안 되겠더라고."

마사토가 가슴속에 소용돌이치는 복잡한 감정을 토로하고 이를 악물었다.

"마사토……."

미하루와 사츠키는 가슴이 아파 표정이 어두워졌다.

"……그래. 그래서 마사토는 어떻게 하고 싶어?"

마사토가 위축되지 않게 리오가 차분하게 물었다.

"난 두 사람을 갱생시키기 위해 센트스텔라 왕국으로 가고 싶어. 그런 것 같아. 막판에 갑자기 의견을 바꾸고 내가 따라가는 게 형과 아키 누나에게 좋지 않을 수도 있다는 생각도 들고 이 결단이 정말 옳은 행동인지 잘 모르겠지만……."

리오 곁에 남기로 하고 형과 싸우기까지 했는데 지금은 정반대의 결단을 내리고자 했다. 어느 길로 가야하는지 마사토는 몹시 고민했다.

"저 두 사람과 여기 있는 넷은 각자 비슷하면서 크게 달

라. 상황도 크게 달라졌어. 개별적으로 생각이 바뀌는 게 당연하고 무엇이 옳은지도 바뀌어. 무엇이 옳은지 모를 때가 더 많아. 옳다고 생각하는 것과 자기가 하고 싶은 것이 일치한다고도 할 수 없어. 그럼 나중에 후회하지 않게 자기 뜻을 소중히 여기면 돼. 명백히 위험한 길을 고르지 않는 한은 마사토의 결단을 존중할게. 의견이 필요하면 우리에게 기대어도 돼."

리오가 마사토에게 연장자로서 조언했다.

"그럼 형과 누나들이 어떻게 생각하는지 말해줘."

마사토가 매달리는 눈으로 세 사람의 의견을 구했다.

"나는 어디로 가든 틀리지 않다고 봐. 마사토는 우리 중 유일한 두 사람의 가족이자 사건의 제삼자이기도 해. 자신이 어떻게 해야 한다는 마음이 솟구치는 게 부자연스럽지도 않고 미하루 씨와 나처럼 가까이 있다고 악영향을 주지는 않을 거야."

리오가 말했다. 이 부분은 아키에 한해서 미하루도 언니나 다름없는 존재지만, 미하루는 이번 일의 피해자고 범행 동기와도 크게 연관된 사람이라 곁에 있지 않는 편이 낫다는 쪽으로 기울었다.

"나도 기본적으로는 하루토 군과 같은 생각이야. 다만, 타카히사가 너희를 돌봐줄 상태는 아닌 것 같으니까 자기 일은 스스로 생각해야 해. 나는 가르아크 왕국을 떠날 수 없고 하루토 군과 미하루도 없으니까. 지금보다 훨씬 책임이 뒤따를 거야."

사츠키가 리오에게 동의하며 마사토의 신변을 염려했다.

"응, 알았어."

미사토가 고개를 끄덕였다.

"……."

한편, 미하루는 입을 다물고 고민하는 표정을 지었다.

"혹시 나도 따라가야 하나, 라고 생각하니? 미하루."

사츠키가 미하루에게 물었다.

"……아뇨. 제가 두 사람에 곁에 있으면 안 된다는 생각은 변함없어요."

미하루가 천천히 고개를 저었다. 아키를 생각하면 마음이 아프지만, 아키가 원하는 대로 해주면 이때까지 어리광을 받아준 것과 똑같았다. 아무것도 해주지 않는 것이 미하루가 아키에게 해줄 수 있는 일이었다.

"그래……."

사츠키가 난감한 표정을 지으면서도 살짝 미소 지었다.

"지금 당장 서둘러 답을 내릴 필요는 없어. 둘이 센트스텔라 왕국으로 갈 때까지 시간을 들여서 진득이 생각해보자. 리리아나 왕녀님께는 아직 말씀드리지 않았지?"

리오가 마사토를 진정시키듯 차분하게 말했다.

"응. 두 사람을 방으로 데려다줄 때는 갈등하던 중이라……. 그런데 형, 누나들이랑 이야기하니까 마음이 조금 편해졌어. 고마워."

마사토가 감사를 표하고 평소처럼 헤헷, 하고 웃었다.

"후후, 마사토가 그렇게 웃는 걸 보니 조금 안심되네. 힘들 때지만, 그러니까 오히려 평소처럼 밝게 지내자. 표정이 어두우면 마음까지 어두워지니까."

사츠키가 부드럽게 미소 지으며 말했다.

"응, 이왕이면 형과 아키 누나에게 우리가 행복하게 웃는 모습을 보여주자. 그래야 두 사람도 견딜 수 있겠지?"

마사토가 장난스럽게 말했다.

"후후."

미하루와 리오도 작게 웃었다.

"그건 그렇고 하루토 형. 다른 일로 부탁할 게 있는데……."

마사토가 갑자기 화제를 바꿨다.

"뭔데?"

"오늘 밤이라도 좋으니까 나를 바위 집으로 데려다줄 수 있어? 어쩌면 내일 떠날 수도 있으니까 그 전에 다 같이 만나고 싶어. 어쩌면 이대로 헤어질지도 모르고, 아키 누나 일도 보고하고 싶고……."

어쩌면, 이라고 말했지만, 아마 마사토는 이미 답을 내렸다. 헤헷 웃는 표정이 조금 쓸쓸해보였다.

"……응, 알았어."

리오는 일부러 모른 척하고 살짝 난처한 미소를 지으며 고개를 끄덕였다. 미하루와 사츠키도 눈치챘지만, 찬물을 끼얹고 싶지 않은지 두 사람의 대화를 지켜봤다.

"앗, 답답한 분위기는 싫으니까 얘기가 끝나면 기분전환 삼아 목욕이라도 하자. 등 밀어줄게."

마사토가 숙연해진 분위기를 떨쳐내듯 리오에게 밝게 말했다.

"그래, 같이 들어갈까?"

"응."

마사토가 기쁘게 대답했다.

"흐음, 목욕이라. 좋겠다. 그렇지? 미하루."

답답한 분위기가 싫다는 마사토의 바람에 응하듯이 사츠키가 장난스럽게 흥미로운 목소리로 대화에 끼어들었다.

"네. 저도 하고 싶네요."

미하루가 키득키득 웃으며 고개를 끄덕였다.

"……그러면 다 같이 바위 집에 갈까요?"

리오가 잠깐 생각하고 제안했다.

"응? 나는 여기 있는 게 낫지 않을까?"

반쯤 농담으로 말했는데 설마 덥석 물지는 몰랐는지 사츠키가 당황해서 눈을 깜빡였다.

"연회 습격사건 이후로 성 경계태세가 해제되지 않았지만, 상황이 이렇잖아요. 마사토 말대로 기분전환이 필요해요. 대신 조금 빨리 돌아오기로 하죠. 그래도 걱정되면 기다리셔도 되는데……."

리오가 사츠키에게 선택지를 줬다.

"윽…… 갈게!"

사츠키는 갈등했지만, 바위 집에 있는 욕조의 유혹은 이기지 못했다. 이 기회를 놓칠 수 없어 오늘 밤에 넷이서 바위 집에 가게 되었다.

◇ ◇ ◇

그날 심야. 모두 잠들었을 무렵. 리오 일행은 바위 집으로 가기 위해 사츠키의 방에 있는 발코니에서 칠흑 같은 밤하늘로 날아올랐다.

저번처럼 아이시아의 도움을 받았다. 리오는 사츠키를 품에 안고 마사토를 등에 업었고, 아이시아가 미하루를 안았다. 순식간에 왕도를 빠져나가 바위 집에 도착했다. 아이시아에게 부탁해 미리 말을 전해놔서 집 밖에 세리아, 라티파, 세라, 오피아, 아르마가 기다리고 있었다.

"어서 오세요!"

기운 넘치는 라티파를 시작으로 모두가 리오 일행의 일시 귀가를 환영했다. 그러나 마사토는 있는데 아키가 없는 걸 보고 조금 '어라?' 하는 표정을 지었다.

"사츠키 씨도 어서 오세요."

아키의 부재를 꼬집기 전에 라티파가 붙임성 있게 사츠키에게 말을 걸었다.

"응. 실례할게, 라티파. 모두 안녕하세요."

사츠키가 따뜻한 미소를 지으며 라티파와 세리아 일행

에게 인사했다.

"안녕하세요."

세리아 일행이 밝게 대답했다.

"서서 이야기하기도 뭣하니 안으로 들어가죠."

세리아가 리오 일행을 집안으로 들였다.

"아키가 안 온 것과도 관련해서 오늘 여러분에게 보고할
게 있어요. 일단…… 앉을까요?"

리오가 이야기를 꺼내고 거실 소파에 앉자고 권했다.

세리아 일행은 아이시아에게 오늘 밤 리오 일행이 온다
는 말만 들어서 사정을 몰랐다. 조금 긴장해서 얼굴을 마
주 보고 소파에 나란히 앉았다. 그 맞은편에 리오, 미하루,
사츠키, 마사토 그리고 아이시아가 앉았다.

"결론부터 말하면 아키가 오빠인 타카히사 씨와 함께 센
트스텔라 왕국으로 가게 됐어요. 그보다 현 상황에는 그렇
게 될 가능성이 가장 큽니다. 본인이 남고 싶다고 하면 가
르아크 왕성에 남을 가능성도 있지만……."

리오가 말끝을 얼버무렸다.

"말이 애매모호한데 무슨 일 있었어?"

세리아가 리오의 안색을 살피며 슬쩍 물었다.

"동생인 마사토가 직접 설명하고 싶을 거예요."

리오가 마사토에게 바통을 넘겼다.

"어어, 우리는 하루토 형과 모두들 덕분에 지구에서 이
세계로 와서 무사히 다시 만났는데…… 막상 만나니까 누

가 어디 있어야 하느냐로 다툼이 벌어졌어. 미하루 누나와 아키 누나와 나. 그리고 형 사이에……."

마사토가 조금 긴장했는지 더듬더듬 설명했다.

"성에서 함께 의논하면서 이야기가 그렇게 흘러갔어. 대전제로 사츠키 누나와 형은 용사니까 각자 나라를 떠날 수 없어. 그런 상황에 나와 미하루 누나는 하루토 형 곁에 남고 싶다고 했어. 그런데 형은 우리가 함께 가길 원했어. 아키 누나는 형과 함께 가고 싶으니까 따르는 식으로……."

세리아 일행은 마사토의 이야기에 묵묵히 귀를 기울였다. 원래 아키가 오빠인 타카히사에게 심하게 집착하고 미하루도 엇비슷하거나 그 이상으로 좋아한다는 걸 알아서 누가 어디에 있어야 하느냐로 싸웠다는 말을 들었을 때는 그렇게 놀라지 않았다.

"까놓고 말해서 우리 형은 미하루 누나를 좋아해. 하지만 미하루 누나의 마음은 형이 아닌 하루토 형을 향해서 그, 엄청나게 질투한 거야. 남이 봐도 알 정도로."

마사토가 갑작스럽게 정보를 공개하자 세리아 일행이 놀라서 눈을 휘둥그레 뜨고 미하루를 보았다.

"……무, 무, 무슨 소리야? 마사토!"

미하루가 마사토의 말을 이해하자마자 얼굴을 새빨갛게 붉히고 몹시 당황해 소리쳤다.

"어……? 아, 아니, 형이 일으킨 소동의 전제로 형이 하루토 형을 질투했다는 이야기를……."

마사토가 이상해하다가 곧 아차, 하는 표정을 지었다. 미하루의 마음이 리오를 향했다는 말이 부적절했다는 것을 깨달았다. 상황을 설명하느라 바빠서 말이 잘못 나왔다.

"어, 어라, 아닌가?"

도움의 손길인지 뭔지, 보란 듯이 얼버무렸으나 이미 늦었다.

"뭐, 뭐가?"

미하루가 눈 둘 곳을 찾아 헤매며 시치미를 뗐다. 졸지에 새우 등이 터진 리오는 불편하게 침묵으로 일관했다.

"흐으으음……."

라티파가 의심하는 눈초리로 리오를 바라보았다. 한편, 사라와 오피아와 아르마는 의미심장하게 얼굴을 마주 봤다. 세리아는 눈을 크게 뜨고 얼어붙었다.

'하루토 군, 정말 죄 많은 남자야…….'

사츠키가 바위 집 여자들의 반응을 보고 기막혀하며 탄식하고 뭐가 불만인지 입을 내밀고 리오를 힐끗 쳐다봤다.

"그, 그런 것보다 이야기나 계속할게."

자기 말실수 때문에 벌어진 일이라고 반성하는지 마사토가 억지로 하던 이야기로 돌아가려고 했다.

"그, 그런 거라니……."

미하루가 충격 받고 중얼거렸다. 말실수의 연속이었다.

"아, 아무튼 형은 질투에 시달리다가 폭발하고 말았어. 미하루 누나를 걸고 하루토 형에게 트집을 잡듯이 결투를 신청했는데 손도 못 써보고 졌어.”

마사토가 황급히 이어서 말하고 끊기 좋은 부분까지 떠들었다.

‘미하루 씨를 걸고 싸웠다고 하면 뉘앙스가 묘하게 달라지지 않나……?’

리오가 의심을 품었다. 타카히사가 미하루를 속박하지 않도록 싸운 것이 사실인데 마사토의 말을 들으면 이긴 사람이 미하루와 맺어지는 고전적인 스토리처럼 들렸다.

의심이 맞았는지 틀렸는지 미하루를 걸고 리오가 결투했다는 말에 세리아 일행이 움찔했다.

“뭐에 눈이 뒤집혔는지 결투에 진 형은 미하루 누나를 강제로 유괴해 센트스텔라 왕국으로 데려가려고 했어.”

“뭐?!”

모두 미하루가 유괴됐었다는 말을 듣고 아연실색해 얼굴을 굳혔다.

“괜찮습니까? 미하루!”

사라가 안절부절못하며 미하루에게 물었다.

“응. 하루토 씨가 바로 구해줬어. 다치지도 않았고 괜찮아.”

미하루는 그들이 걱정하지 않게 부드럽게 웃으며 대답했다.

“다행이다…….”

세리아, 사라, 오피아, 아르마, 라티파가 안도의 한숨을 내쉬었다.

"그런데 나보다 아키가 큰일이라고 해야 하나, 그게⋯⋯."

미하루가 어두운 얼굴로 마사토를 보며 이야기를 재촉했다.

"미하루 누나 말대로 문제는 아키 누나였어. 놀라지 않기는 어렵겠지만, 아키 누나는 형과 손잡고 미하루 누나를 센트스텔라 왕국으로 유괴하려고 했어."

마사토가 굳은 표정으로 사실을 고했다.

"뭐⋯⋯."

모두 말문이 막혔다.

"⋯⋯지금, 아키는 어디 있어?"

세리아가 제일 먼저 입을 열었다.

"형과 함께 성에 있어."

"성에서 유괴사건이라니, 보통 사형을 당해도 이상하지 않은 소동이야. 무슨 처분을 받기로 했어⋯⋯?"

"그건⋯⋯ 아니라고 생각해. 그렇지? 하루토 형."

보통은 사형이라는 말에 마사토가 조금 자신 없어하며 물었다.

"용사인 타카히사 씨의 동생이라 근신처분으로 끝났어요. 용사인 사츠키 씨와 피해자인 미하루 씨가 엄중한 처벌을 요구하지 않으면 가르아크 왕국이 적극적으로 나서지는 않을 거예요. 센트스텔라 왕국도 자국의 용사를 처단하지는 못할 테니까요."

리오의 대답에 마사토와 사라 일행이 가슴을 쓸어내렸다.

"그렇구나……. 너희는 아키를 어떡하려고?"

세리아가 리오 일행의 방침을 물었다.

"동기가 어쨌든 억지로 미하루 씨를 유괴하려고 한 건 사실이에요. 쉽게 용서할 수 없고 쉽게 용서하면 아키에게도 좋지 않습니다. 그러니까 적어도 아키가 무슨 행동을 취하지 않는 한은 피해자가 손을 내밀지 않는 게 낫다고 의논했어요."

리오가 굳은 목소리로 대답했다.

"그래……."

괴로운지 세리아의 표정이 어두워졌다.

"물론 하고 싶은 말은 많지만, 아키도 미하루에게 지나치게 의존했다고 생각하니 마음을 독하게 먹어야 한다고 생각했어요. 무엇을 잘못했는지 스스로 생각하게 하고 직접 사과하게 해야죠."

사츠키가 쓴 것을 먹듯이 입을 앙다물었다. 미하루가 용서하면 아키는 또 미하루의 다정함에 매달릴 터였다.

"……미하루만큼 오래 알고 지내진 않았지만, 아키가 정말 손쓸 방법 없는 나쁜 아이가 아니라는 거 압니다. 반성하고 있지 않을까요? 사과하고 싶을 겁니다. 사과하거든 잔뜩 혼내고, 이야기를 나누고, 다시 친해지고 싶습니다."

사라가 안타까워하며 말했다.

"그건 모두 마찬가지야, 사라."

오피아가 부드럽게 미소 지으며 말했다.

"맞아요. 하루토 군을 향한 감정도 오랜 세월을 거쳐 틀어진 것 같으니 쉽게 풀리지는 않겠지만, 그 감정에도 매듭을 짓게 돼서 미하루와 하루토 군에게 진심으로 사과할 수 있게 되면 다시 함께 웃고 싶네요. 아키가 원한다면 말이에요."

사츠키도 표정이 조금 부드러워졌다.

"……뭐, 내가 만났을 때는 우느라 말도 제대로 못했으니까 반성은 하고 있을 거야. 그런데 형은 아키 누나 이상으로 여러모로 꼬인 모양이고, 둘만 있는 건 안 될 것 같아."

마사토가 생각에 잠기듯이 눈꺼풀을 내리고 울적하게 말했다.

"……그럴지도 모르겠어."

사츠키가 괴롭게 동의했다.

"그렇다고 형을 홀로 둘 수는 없어. 부루퉁해가지고 고집쟁이가 됐거든. 아키 누나도 형과 억지로 떨어뜨려놓으면 반발할지 몰라. 그러면 일이 괜히 복잡해져. 정말 형과 누나가 성가시게 굴어서 면목이 없어."

마사토가 고통스럽게 얼굴을 찌푸리고 머리를 숙였다.

"사과할 필요 없어."

리오의 말에 다른 사람들도 그렇다고 동의했다.

"그래서 말인데 아키 누나가 여기 남겠다고 말하지 않는 한, 둘만 같이 있게 될 가능성이 커. 둘이 이상한 방향으로 가지 않게 잔소리할 사람이 한 명은 있어야 해. 형에게도,

아키 누나에게도 사정없이 말할 수 있는 사람이어야 해. 그게, 그게…….”

마사토가 마지막으로 자기 마음을 확인하듯이 한참 뜸을 들였다.

“그게 가능한 사람은 가족인 나뿐이야.”

그리고 결연하게 말했다.

“두 사람이 좋아하는 미하루 누나도, 두 사람에게 선배로 존경받는 사츠키 누나도, 형에게 질투당하고 아키 누나에게 도리어 원망 받는 하루토 형도 안 돼. 그야말로 가족이어야, 남매싸움을 할 수 있는 사람이어야 이 역할을 맡을 수 있어. 다른 사람은 조심하게 돼. 이유를 잘 설명할 수는 없지만, 이 역할은 내가 맡아야 한다는 생각이 들었어. 그래서…….”

마사토가 이유는 잘 설명할 수 없다고 했으나 그 말은 이곳에 있는 사람들의 마음에 강하게 와 닿았다. 그 증거로 모두 진지하게 마사토의 말에 귀를 기울였다. 마사토에게 반짝이는 눈빛을 보냈다.

“그래서 하루토 형과 상의하고 곰곰이 생각해봤는데, 나, 갈게. 둘이 센트스텔라 왕국으로 가면 나도 센트스텔라 왕국으로 갈래. 이 말을 하고 싶어서, 이번 일을 내가 설명하겠다고 부탁했어. 그러니까, 뭐라고 해야 하나…….”

마사토는 자기 마음과 생각을 조리 있게 말하지 못하겠는지 말문이 막혔다. 얼굴이 조금 불안해보였다.

"아직 자기 생각에 자신이 없어?"

리오가 마사토에게 물었다.

"그건 아닌데 모두들 어떻게 생각하는지 신경 쓰여."

마사토가 이 자리에 있는 사람들의 안색을 살피며 말했다. 마사토는 아직 열두 살이었다. 불안한 게 당연했다.

"대단해."

리오가 즉각 말했다.

"……응?"

"마사토는 대단해. 나는 남을 신경 쓰느라 거리를 두는 인간이라서 마사토의 올곧은 면을 존경해. 그야말로 눈부실 정도로……."

리오가 진심으로 마사토를 칭찬했다. 아키는 아마카와 하루토의 동생이었지만, 오빠다운 일은 아무것도 해주지 못했다. 이 세상에서 재회한 뒤로도 거리를 조절하지 못하고 미하루에게 그런 것처럼 아키와도 거리를 두려고 했다.

"나도 대단하다고 생각해. 선배로서, 친구로서 두 사람에게 무언가 해주고 싶은 마음은 나도 있어. 하지만 나는 들어갈 수 없는 영역이 있어. 그래서 어디까지 파고들어도 될지 몰라서, 지금은 그 둘과 거리를 두는 게 최선이라고 생각해서 쉽게 용서할 수 없다는 선택지를 골랐어. 우리는 곁에 있어도 할 수 없는 일이 있다고 느꼈거든. 그렇게까지 파고들 용기도 없었고, 생각도 못 했어. 하지만 마사토는 그럴 수 있어. 대단해, 마사토."

사츠키도 마사토를 칭찬했다.

"나도. 내가 할 수 없는 일을 할 수 있는 마사토가 눈부셔. 아키가 나를 언니처럼 따랐지만, 하루토 씨 일로 계속 조심하느라 나는 마음을 닫고, 도망쳐서 진짜 언니가 되어 주지 못했어. 마사토는 나보다 아키를 늦게 만났는데도 나보다 나은 가족이 되어줬잖아. 그런 내가 너무 한심해······. 그래서 마사토가 눈부셔."

미하루가 동경하는 눈빛으로 마사토를 보았다.

"마사토, 어른이군요."

사라가 훗 미소를 그리며 말했다.

"맞아." "네."

오피아와 아르마가 힘차게 고개를 끄덕이며 동의했다.

"정말이야. 여기서 제일 연장자인 나보다 훨씬 강하고 훌륭해."

세리아도 얼굴에 살짝 그늘을 드리우고 마사토를 눈부시게 바라보았다.

"마사토는 어른."

아이시아도 툭 말했다.

"후훗, 멋져, 마사토."

라티파도 순진무구한 미소를 지으며 마사토를 치켜세웠다.

"뭐, 뭐야. 뭔데, 다들 갑자기······."

모두가 연달아 칭찬하고 눈부시게 바라보자 마사토가 부끄러워하며 얼굴을 붉혔다.

"마사토라면 안심하고 두 사람을 맡길 수 있겠다는 뜻이야."

사츠키가 후훗 웃으며 장난스럽게 윙크했다.

"그, 그러면 내가 두 사람을 맡는다고 다들 너무 걱정하지 않아도 돼! 이번 일 때문에 어두워지면 싫어. 마음 놓고지금까지 그랬던 것처럼 밝고 즐겁게 지내자. 그, 그래, 하루토 형. 목욕하자. 욕조 들어갈 생각에 기대하고 왔다고. 자, 자. 등 밀어줄게!"

마사토가 부끄러움을 더는 못 견디겠는지 빠르게 말했다. 그리고 리오의 손을 잡아당겨 일으켜 세우고 빠르게욕실로 달려갔다.

𝕂 제 3 장 𝕁 ❋ 이별 그리고 새로운 여행

바위 집에서 센트스텔라 왕국으로 가겠다고 밝힌 밤의 다음 날 아침. 마사토는 리오 일행과 함께 리리아나와 대담을 가졌다. 거기서 자기 뜻을 밝히고 타카히사와 아키를 갱생시키기 위해 센트스텔라 왕국에 동행시켜달라고 리리아나에게 부탁했다.

리리아나는 타카히사와 아키를 갱생시킬 자신이 없었는지 오히려 깊게 머리를 숙이며 마사토의 동행을 환영했다. 마사토는 그날부터 묵는 곳을 사츠키의 방에서 리리아나가 있는 방으로 옮겼다.

가르아크 왕국을 떠나는 것은 이틀 뒤. 떠나기 전까지 사츠키의 방을 드나들며 타카히사와 아키의 상태를 전달했다. 벌써부터 타카히사와 크게 싸우고 지금은 냉전 중이었다.

그리고 드디어 센트스텔라 왕국으로 떠나는 날의 아침이 밝았다.

"안녕. 하루토 형, 미하루 누나, 사츠키 누나. 다녀올게."

가르아크 왕성 안뜰에서 마사토가 리리아나와 함께 리오, 미하루, 사츠키와 작별인사를 나눴다.

"건강해야 해, 마사토."

"응, 미하루 누나도."

마사토가 밝게 방긋 웃었다.

"너무 무리하지 말고 위험한 행동은 하면 안 돼. 마사토는 편식이 심하니까 밥 잘 챙겨 먹기다?"

"응, 알았어."

마치 엄마처럼 걱정하는 미하루에게 마사토가 쓴웃음 지으며 고개를 끄덕였다.

"아키와 타카히사도…… 잘 부탁해."

"응. 둘은 맡겨줘. 형하고는 싸우는 중인데, 해보라지. 얼마든지 싸워줄 거야. 미하루 누나, 난 신경 쓰지 말고 하루토 형을 잘 받쳐줘."

마사토가 리오를 보며 말했다.

"미하루 씨를 번거롭게 하지 않을게."

리오가 훗 웃으며 대화에 끼어들었다.

"그런 뜻이 아닌데……. 하루토 형도 잘 있어. 저쪽에 가서도 검술 훈련할 테니까 다시 만나면 늘었는지 봐줘."

마사토가 미하루의 얼굴을 힐끗 보고 말을 함부로 꺼내면 혼날 것 같은지 자연스럽게 이야기를 바꿨다.

"……응."

리오는 마사토가 무슨 말을 하려고 했는지 얼핏 깨달았는지 조금 민망해하며 고개를 끄덕였다.

"사츠키 누나도 잘 지내."

마사토가 사츠키에게도 말을 걸었다.

"응. 나는 언제든 성에 있으니까 편지 꾸준히 보내기다?

편지 안 오면 무슨 일 있구나, 하고 찾아갈 줄 알아."

사츠키가 농담하듯 말했다.

"아하하, 알았어."

마사토가 웃음기 묻은 목소리로 수긍했다. 옆에 선 리리
아나도 살짝 웃으며 말했다.

"편지는 물론이고 마사토 님을 정기적으로 가르아크 왕
국에 모셔오겠다고 약속하겠습니다. 우리나라는 폐쇄적이
지만, 여러분께 큰 은혜를 입었으니 리리아나 센트스텔라
의 이름을 걸고 진력을 다할 것을 맹세합니다. 그다지 오
고 싶지 않으실 수도 있지만, 센트스텔라 왕국에 오시면
환영하겠습니다."

리리아나가 공손히 머리를 숙였다.

"그럴 리가요. 언젠가 가게 되면 센트스텔라 왕국을 안
내해주세요."

"네, 그때는 기꺼이."

사츠키가 키득 웃으며 말하자 리리아나도 미소 지으며
대답했다.

"……이제 그만 갈까요? 너무 오래 이야기하면 쓸쓸해
지니까."

마사토가 부끄러운 듯 코를 문지르고 리리아나에게 제
안했다.

"네. 마사토 님이 괜찮으시다면."

리리아나가 느긋하게 고개를 끄덕였다.

"헤헤, 모두 안녕. 슬픈 건 싫으니까 밝게 헤어지자."

마사토가 개구쟁이라는 표현이 어울리는 미소를 짓고 몸을 돌렸다.

"나도 편지 많이 보낼게. 사양하지 말고 고민거리 있으면 적어서 보내."

사츠키가 멀어지는 마사토에게 말했다.

"응, 고마워!"

마사토가 돌아보며 감사를 표했다. 웃으며 손을 흔들고 리오 일행에게서 멀어졌다. 리리아나가 그 뒤에서 걸었고 조금 떨어져서 종자 프릴이 묵묵히 따라갔다.

"가버렸네. 폼 잡긴…… 그새 누구를 닮았나 봐."

사츠키가 리오의 옆모습을 힐끗 쳐다봤다.

"타카히사 씨요……?"

생각나는 이름이 그것뿐이라서 리오가 물어봤다.

"아니, 그건 아니지."

사츠키가 딱 잘라 부정했다.

"후후."

미하루가 대화를 듣고 누군지 짐작했는지 즐겁게 웃었다.

"누구는 까맣게 모르고 있으니, 굳이 따지면 흉내 내는 거겠네."

사츠키가 어이없어하며 중얼거렸다.

"……?"

리오가 이상하다는 듯이 고개를 갸웃거렸다.

◇ ◇ ◇

한편, 리오 일행과 헤어진 마사토는 뒤돌아보지 않고 계속 걸었다. 돌아보면 분명히 아쉬울 테니까. 그래서 묵묵히 걸었다.

"마사토 님은 강인하시군요."

한 걸음 뒤에서 조용히 걷던 리리아나가 따뜻하게 말했다.

"……제가요?"

마사토가 속도를 늦추고 고개를 갸웃거렸다.

"네. 그렇게 보입니다."

"대체 어디가요?"

"보상 없이 남을 위해 행동하는 것은 정신적 강인함의 표현이라고 생각해요. 보통은 자기 자신을 아끼느라 남을 위해 자신을 희생하기 어렵습니다. 설령 그 상대가 가족이어도."

리리아나의 표정이 조금 어두워졌다.

"……하하. 그렇게 따지면 저보다 하루토 형이 훨씬 강하죠. 우리를 위해 그야말로 무상으로 돌아다녔으니까요."

마사토가 약간 수줍어하고 리오를 치켜세웠다.

"아마카와 경은 무척 멋진 분이죠."

리리아나가 부드럽게 웃으며 고개를 끄덕였다.

"……역시 리리아나 공주님도 하루토 형 같은 남자가 취

향이에요? 혹시 하루토 형한테 반했다거나?"

마사토가 호기심을 보이며 물었다. 마사토가 파악한 바로는 리오 주변에 있는 여자는 모두 리오를 좋아했다. 그래서 그렇다는 건 아니지만, 최근에 만난 리리아나의 눈에 리오가 어떻게 보일지 조금 신경 쓰였다.

"그럴 리가요. 아마카와 경을 이성적 호감을 가질 만큼 잘 알지도 못하는 걸요. 그렇지 않아도 아마카와 경 주위에 저보다 멋진 여성이 많이 계신 듯하니 저는 적수가 못됩니다."

리리아나가 눈을 동그랗게 뜨고 즐겁게 웃으며 고개를 가로저었다.

"미하루 누나랑 사츠키 누나가 예쁘긴 하지만, 리리아나 공주님도 뒤지지 않게 예쁜데요……."

리리아나가 자신의 아름다움을 비하하자 마사토가 기막혀하며 말했다.

"어머, 빈말이라도 기쁩니다."

"아뇨, 빈말이 아니라……. 제 눈에는 리리아나 공주님이 매력적인 이성으로 보여요."

마사토가 부끄러워하며 말했다.

'미하루 누나랑 사츠키 누나는 너무 가까워.'

보호자 이미지가 너무 강해서 그런 눈으로 볼 수가 없었다.

"어머, 무척 기쁘고 영광입니다만……."

리리아나가 당황해서 눈을 깜빡거렸다.

"앗, 치근덕대는 거 아니에요! 물론 미래에 리리아나 공주님처럼 멋진 사람과 결혼하고 싶긴 하지만요."

마사토가 황급히 덧붙였다. 상대가 아직 알게 된지 얼마 안 된 연상의 여성에다가 왕녀님이라서 그런지 말투가 평소보다 딱딱했지만, 평소의 순수함은 건재했다.

"후후. 몇 년 뒤에는 마사토 님도 성장하셔서 멋진 남성이 되시겠죠. 그때도 제가 미혼이면 왕후 귀족치고는 늦었지만, 중년이어도 괜찮으시다면 기꺼이 받아들이겠습니다."

리리아나가 즐겁게 키득키득 웃었다. 붙임성 좋은 동생이 생긴 것 같아 즐거워서 평소 같으면 입에 담지 않을 농담도 가볍게 꺼냈다.

"네, 네에에?! 노, 놀리지 마세요!"

마사토가 얼굴이 빨개져서 상기된 목소리로 외쳤다.

"어머, 마사토 님이 먼저 놀리셨잖아요?"

"아니, 그렇긴 한데……. 딱히 놀리려고 한 말 아니에요. 다들 기다릴 테니까 어서 돌아가죠."

"네."

리리아나가 고개를 끄덕이고 아주 조금 아쉬운 표정을 지었다. 이 앞에 기다리는 사람을 생각하니 조금 더 길게 편안한 대화를 나누고 싶었다.

그러나 그럴 수는 없었다. 리오 일행과 헤어진 곳에서 조금 떨어진 곳에 도착하자…….

"형, 아키 누나, 기다렸지?"

말없이 서 있는 타카히사와 불편하게 서 있는 아키에게 말을 걸었다. 주위에 리리아나의 호위기사인 힐다, 키아라, 엘리스가 있었다.

"……"

타카히사와 아키는 아무 말 하지 않았다. 불편한지 아키는 얼굴이 창백한 반면, 타카히사는 무표정이면서도 노골적으로 불편함을 드러냈다. 사건 뒤에 마사토와 크게 싸우고 얼굴만 마주치면 계속 이랬는데 마사토와 리리아나의 눈에는 지금이 유독 더 퉁명스러워보였다.

"잘 봤지? 며칠 만에 미하루 누나를 본 느낌이 어때?"

마사토가 그 이유를 마치 꿰뚫어본 것처럼 타카히사와 아키에게 물었다. 그렇다. 이곳에서는 아까까지 작별인사를 나누던 곳이 멀찍이 보였다. 마사토와 리리아나가 도착했을 때, 타카히사는 다른 곳을 보고 있었지만, 안 봤을 리가 없었다.

"……"

타카히사의 얼굴이 더 노골적으로 찌푸려졌다.

"뭐야, 형이 원한 대로 내가 같이 가주잖아. 표정 좀 풀지 그래?"

"……"

"아니면 미하루 누나가 없으면 나와 아키 누나가 있어도 의미가 없어?"

마사토가 대놓고 타카히사를 도발했다.

"윽…….."

타카히사가 마사토를 노려봤다. 그러나 이번에도 아무 말 하지 않고 입을 다물었다.

"봤으면 알겠지. 미하루 누나 옆에 있는 사람은 하루토 형이야. 형이 아니야. 미하루 누나는 하루토 형과 함께하지 않으면 행복하지 않아. 이제 그만 인정해. 자기가 미하루 누나에게 어울리지 않는 남자란 걸."

"……."

친동생이 형은 졌다고 말한 것 같았다. 아니, 졌다. 미하루는 리오 옆에 있을 때 행복한 표정을 지었다. 그것이 패배감으로 이어져 미칠 것만 같은데, 지금은 아무 말도 할 수 없었다.

"하루토 형을 범죄자라고 비난하던 형이 범죄자가 됐네? 진짜, 웃기지도 않아…….."

마사토가 마지막에는 가냘프게 말하고 얼굴을 찌푸렸다.

'……그자도, 그자도 범죄자야. 살인자야. 그런데, 그런데…….'

대체 하루토가 자신과 뭐가 다르다는 것인가. 타카히사는 고개를 숙이고 주먹을 불끈 쥐었다.

"계속 말하지만, 동정해서 같이 가는 거 아니야. 동생으로서 두 사람이 더 멍청한 방향으로 엇나가지 못하게 감시하러 가는 거야. 미하루 누나와 하루토 형에게 사과할 때까지 절대로 용서하지 않을 테니까."

마사토가 흥 콧방귀를 뀌고 걸었다.

"이쪽으로 오십시오. 타카히사 님, 아키 님."

리리아나가 두 사람에게 말하고 마사토를 따라갔다.

타카히사는 두 사람의 뒷모습을 응시하고 조금 전까지 미하루 일행이 마사토와 헤어진 곳을 보았다. 이제 그곳에는 아무도 없었다.

'……내가 틀렸다는 거야?'

하루토 옆에서 행복하게 웃는 미하루의 얼굴이 어른거려 화가 나 얼굴을 일그러뜨렸다.

아키는 그런 타카히사를 바로 옆에서 쓸쓸하게 바라보았다.

타카히사, 아키, 마사토가 센트스텔라 왕국으로 떠나고 일주일이 흘렀다. 이 일주일 동안, 리카 상회 일로 바빠 아망드로 돌아가는 리제롯테를 배웅하고, 신세진 리제롯테의 부모님께 인사하러 가고, 프랑수아에게 앞으로도 여행하겠다고 정식으로 보고하면서 순식간에 시간이 흘렀다.

"아~아, 마사토에 이어서 이번에는 하루토 군과 미하루가 떠나는구나. 외로워. 다음에는 언제 만날 수 있을까? 하루토 군이 만든 요리도 먹어보고 싶어. 리제롯테 씨는 바빠서 서둘러 돌아갔고."

마침내 리오와 미하루가 성을 떠나는 날이 되었다. 출발 전에 든 아침식사 시간, 셋이서 거실 식탁에 앉자 사츠키가 보란 듯이 외로워하며 말을 꺼냈다. 토라졌다기보다는 빨리 다시 만나고 싶다고 떼를 쓰는 느낌이었다.

"미하루 씨와 함께 되도록 정기적으로 들를게요. 요리는 밤에 성을 몰래 나갔을 때 말씀하시지……."

"안 돼. 연회 때 같이 약속했잖아. 나만 몰래 먹으면 리제롯테 씨에게 미안하잖아. 그리고 같이 먹으면 더 맛있을 거야."

사츠키가 귀엽게 웃었다.

"알겠습니다. 그러면 다음에 리제롯테 씨를 만나면 제가 말씀드릴게요. 사츠키 씨도 리제롯테 씨를 만나면 말씀해 주세요."

리오가 훗 웃으며 말했다.

"만세! 진짜 기대한다? 성에서 나오는 음식도 맛있지만, 너무 기름지다고 해야 하나, 맛이 강하다고 해야 하나, 간이 센 게 많아서 조절해서 먹고는 있는데 밥과 미소된장국과 채소절임이 먹고 싶어."

사츠키가 주먹을 꾹 쥐고 역설했다.

"하루토 씨와 함께 바위 집에 살 때는 당연하다는 듯이 가정식을 먹었는데 성에 2주 있었다고 저도 그 맛이 그리워졌어요."

미하루가 키득키득 웃으며 동의했다.

"그렇지? 그러니까 빨리 돌아와. 기다릴게. 어쩌면 아키와 마사토도 가정식이 그리워서 너희보다 먼저 돌아올지도 몰라."

사츠키가 웃음을 머금고 말했다.

"그럴지도 모르겠네요."

리오와 미하루가 얼굴을 마주 보고 부드러운 표정으로 고개를 끄덕였다.

"……그래서 말인데 나는 둘이 돌아오길 기다릴게. 마사토가 멋지게 떠났고, 나도 울적한 이별은 별로거든. 그래도 헤어질 때 너희와 오래 이야기하면 남들 있는 데서 울 수도 있으니까 지금 말할게. 하루토 군, 미하루."

사츠키가 조금 쓸쓸하게 말하고 리오와 미하루의 얼굴을 물끄러미 바라보며 심호흡해서 마음을 진정시켰다.

"둘 다 잘 다녀와."

한없이 밝은 미소로 리오와 미하루를 배웅했다.

아침식사 후. 리오와 미하루는 성을 떠나기 전에 사츠키와 함께 국왕 프랑수아와 응접실에서 대담을 나누었다.

"정말 걸어서 왕도를 떠날 건가?"

프랑수아가 리오의 이동 방법을 듣고 눈을 동그랗게 뜨며 물었다. 지금의 하루토 아마카와는 가르아크 국왕이 서

임한 명예기사이자 백작 수준의 지위가 있는 고위 귀족이었다. 그런 사람이 호위도 없이 걸어서 도시 밖으로 떠나다니, 보통은 있을 수 없는 일이었다.

그러나 리오는 호위가 있어도 걸리적거릴 뿐이었다.

"네. 늘 그래왔고, 여차할 때도 미하루 씨를 안고 뛰는 게 마차보다 빠릅니다."

"흐하하. 좋다. 형식에 얽매이지 않는 것이 좋은 의미로 그대답군."

프랑수아가 웃으며 이해했다.

"앞으로 어디로 갈 생각인가?"

프랑수아가 리오에게 물었다.

"지인과 약속이 있어서 우선은 폐하의 직할령을 거쳐 서쪽 도시로 가고자 합니다. 그다음에는 아직 어디로 갈지 정하지 않았습니다."

리오가 대강의 정보만 전하고 아직 예정이 막연하다고 대답했다. 거짓말은 아니었다. 미하루 일행의 일이 얼추 정리됐으니 이번에는 세리아가 가진 문제의 힘이 되어줘야겠다고 생각하고는 있는데, 다시 만나서 바로 움직이느냐는 세리아 본인 뜻에 달렸다.

세리아의 약혼자였던 샤를 아르보가 연회에 출석했다는 소식을 아직 알리지 않았으니 일단 이번 연회에 입수한 벨트람 왕국 관련 정보를 전달해야겠다.

"서쪽이라. 우리나라에서 그대에게 준 옷깃 휘장을 보이면 각지에서 여러모로 도움을 받을 수 있을 거다. 나라 밖에서도 우호국에서는 일단은 귀족으로 대우할 거다. 의무라는 사슬에 묶이지 않아서 우리나라의 귀족이라고 해야할지는 미묘하지만. 어쨌든 성에 얼굴을 자주 보였으면 좋겠군. 사츠키 공과 샤를로트가 좋아할 거다."

프랑수아가 웃으며 말했다.

"영광입니다. 미하루 씨도 좋아할 테니 정기적으로 찾아뵙겠다고 약속드립니다."

리오가 정중하게 고개를 숙였다.

"……음. 이제부터 먼 길 떠나는 사람을 오래 붙들고 있을 수는 없지. 샤를로트, 사츠키 공과 함께 문까지 배웅해라."

프랑수아가 고개를 크게 끄덕이고 샤를로트에게 리오와 미하루를 배웅하라고 지시했다.

"알겠습니다. 아버님. 이쪽으로 오세요."

샤를로트가 자리에서 일어나 맞은편에 앉은 리오, 미하루, 사츠키에게 이동하자고 했다. 세 사람은 자리에서 일어나 프랑수아에게 작별인사를 하고 샤를로트를 따라 응접실을 나갔다.

네 사람은 성 통로를 지나서 건물 밖으로 나가 정원을 지났다.

"다녀와. 미하루, 하루토 군."

성문 앞에 도착하자 사츠키가 집 근처로 외출하는 가족을 배웅하듯이 두 사람에게 말을 걸었다. 숙연한 건 싫다.

그러니까 실제로 작별인사를 할 때는 짧게 하자. 미리 합의를 봐서 더 이야기할 게 없었다.

"네. 다녀올게요."

미하루가 조금 쓸쓸하게 웃었다.

"또 만나요."

리오도 미하루에 이어 사츠키에게 말했다.

"응……. 샤를은 두 사람에게 할 말 없어?"

사츠키가 살짝 고개를 숙이고 고개를 끄덕이더니 옆에 있는 샤를로트에게 물었다.

"두 분 모두 건강하세요. 그리고 하루토 님."

샤를로트가 리오에게 말을 걸었다.

"네, 뭔가요?"

리오가 고개를 갸웃거리며 물었다.

"아까 아버님 앞에서 말씀하셨죠? 성에 와서 사츠키 님과 저를 만나면 미하루 님이 좋아하실 거라고요."

"네……."

그런 말을 했지만, 샤를로트의 의도를 알 수 없어서 모호하게 고개를 끄덕였다.

"하루토 님은요? 안 좋으세요?"

샤를로트가 귀엽게 살짝 볼을 부풀리며 리오에게 물었다.

"물론 두 분을 만나면 그보다 좋은 일이 있을 수 없죠."

리오가 난감한 미소를 지으며 샤를로트에게 대답했다.

"어머, 정말요?"

샤를로트게 기뻐하며 얼굴을 빛냈다.

"네."

리오는 미소 지으며 고개를 위아래로 끄덕였다.

"그러면 다음에 뵈면 데이트라도 할까요? 성에서 해야 하겠지만요."

샤를로트가 태연하게 데이트를 신청했다.

"⋯⋯네?"

놀랐는지 리오가 자기도 모르게 의아해하는 소리를 내고 말았다. 사츠키와 미하루도 당황해서 얼이 빠졌다.

"샤, 샤를. 저번에도 하루토 군을 친오빠처럼 좋아한다더니 왕녀님이 그런 말해도 괜찮겠어?"

사츠키가 황급히 샤를로트를 추궁했다.

"좋지는 않지만, 지금 이 자리에는 우리뿐이니까요. 다른 데서 말씀 안 하실 거죠?"

여러분을 믿거든요. 라고 말하듯이 샤를로트가 사람 좋은 얼굴로 말했다. 근처에 사람이 없긴 했다. 정확하게는 문지기가 있지만, 리오 일행의 대화가 들릴 거리는 아니었다.

"뭐, 안 할 거지만⋯⋯. 하지만 그렇다고⋯⋯. 친오빠 같은 사람과 데이트는, 안 하지 않나?"

사츠키가 조금 초조한 얼굴로 조금 상기된 목소리로 말했다.

"후후. 친오빠 같은 분이라고 생각했는데 제 생각이 틀린 것 같아요."

샤를로트가 입가에 검지를 대고 요염한 미소를 지으며 리오의 얼굴을 물끄러미 봤다.

"이성으로서, 하루토 님께 개인적인 호감을 가지게 됐거든요."

폭탄선언으로 리오 일행을 놀라게 했다.

"잠깐……. 헤어질 때 무슨 말을 하는 거야?"

할 말을 잃은 사츠키가 간신히 입을 움직였다.

"헤어질 때라서 말씀드리는 거예요. 이제 하루토 님은 다시 만날 때까지 저를 잊지 못하시겠죠?"

샤를로트가 사랑스럽게 웃으며 리오, 미하루, 사츠키의 얼굴을 순서대로 쳐다봤다. 미하루와 사츠키는 넋이 나가 말문이 막혔다. 대신 당사자인 리오가 뭐라고 대답할지 나란히 눈길을 보냈다.

"어……."

리오는 리오대로 곤란했다. 왕녀인 샤를로트에게 어떻게 대답하면 좋을지 결정할 수 없었다.

"대답은 다음에 성에 오셨을 때 말씀해주세요. 아무리 저라도 좀 부끄러우니, 자, 가세요."

샤를로트가 나란히 선 리오와 미하루에게 다가가 살짝 등을 밀었다. 두 사람을 문 밖까지 걸어가게 하고 웃으며 손을 흔들어 앞으로 가라고 재촉했다.

"……네. 그러면, 그…… 실례하겠습니다."

리오와 미하루는 샤를로트의 미소에 밀려 얼굴을 마주

본 후, 걸음을 뗐다. 잠시 뒤, 뒤에서 사츠키가 당황해서 샤를로트를 추궁하는 목소리가 들렸다.

하지만 돌아가서 무슨 말을 해야 할지 몰라서 리오는 망설이면서도 걸음을 멈추지 않았다.

"어, 어떡하죠? 하루토 씨."

미하루가 뒤쪽을 신경 쓰며 조금 초조하게 물었다.

"그러게요. 저도 당혹스럽네요. 다시 만날 때까지 답을 생각해봐야 하나요?"

미하루와 사귀지 않으니 바람피우는 것도 아니었다. 그런데 왠지 은근히 불편했다. 리오가 미하루에게서 눈을 돌리고 민망해하며 대답했다.

한편, 상공에 떠서 두 사람을 내려다보는 한 남자가 있었다. 지상에서 보면 콩알만하고 하늘 풍경에 녹아서 그를 알아차린 사람은 없었다. 대체 언제부터 있었을까.

"드디어 떠나는군요."

남자, 레이스가 거리를 좁히고 샤를로트에 대해 묻는 미하루에게 시달리는 리오를 보고 살짝 웃었다.

"정찰을 시작해볼까요?"

연회에서 의도치 않게 리오를 발견한 이번 기회를 잘 활용하기 위해 은밀히 미행을 시작했다.

﹝ 막간 ﹞ ❋ 사카타 히로아키의 막간

한편, 실질적으로 유그노 공작이 이끄는 레스토라시온의 용사 사카타 히로아키는 거점을 세운 벨트람 왕국의 로던 후작령으로 돌아가지 않고 가르아크 왕국 왕도에 머물렀다.

레스토라시온의 상징인 히로아키와 플로라가 가르아크 왕국에 머무는 이 기회에 상호 친목을 다지자는 대화가 국왕 프랑수아와 유그노 공작 사이에 오갔기 때문이었다.

그러나 상호 친목 다지기는 표면적인 이유에 지나지 않았다. 진짜 목적은 두 사람이 앞으로도 우호 관계를 계속 이끌어가기 위해 히로아키의 미래 측실 후보를 암묵적으로 가르아크 왕국 귀족 중에서 고르는 것이었다.

따라서 리오와 미하루가 가르아크 왕국을 떠난 날, 히로아키는 플로라, 로아나와 함께 가르아크 왕국 여성 귀족과 교류했다.

오늘 상대는 대귀족 그레고리 공작가의 영애 리제트. 그녀와의 만남은 오늘이 처음이 아니었다. 이미 여러 번 만났다. 오늘은 그녀의 측근도 초대해 차 모임을 열었다.

참고로 플로라와 로아나가 동석한 것은 두 사람이 레스토라시온의 대표로서 미래에 히로아키의 정실부인이나 정실 수준의 측실이 될 것이라고 가르아크 왕국에 표시하기 위해서였다. 그러나 불필요하게 나서지는 않고 히로아키와 가르아크 왕국 귀족 소녀들의 대화를 당당하게 지켜봤다.

"어머, 히로아키 님은 달콤한 디저트도 좋아하시는군요."

지금도 소녀들이 히로아키의 마음에 들려고 떠들썩한 대화의 장이 펼쳐졌다.

"응. 남자가 별나다고 여길 수도 있지만."

히로아키가 어깨를 으쓱하며 대답했다.

"그럴 리가요."

"네. 달콤한 것을 좋아하시면 공통 화제가 하나 더 생긴 거잖아요."

"그리고 리제트 님은 디저트 만들기가 취미세요. 아, 리제트 님이 만드신 디저트를 히로아키 님이 맛봐주시는 건 어떨까요?"

"어머, 멋지네요. 저번에 리제트 님이 만드신 케이크, 정말 맛있었죠."

"리제트 님, 모처럼이니 히로아키 님께 만들어드리는 건 어떨까요?"

소녀들이 멋지게 힘을 합쳐 대화를 펼쳐나갔다. 공작 영애이자 이 차 모임 주최자인 리제트를 치켜세우는 것도 잊지 않았다.

"여러분도 참……. 그래요, 남성분이 드시는 건 처음이지만, 히로아키 님이 괜찮으시다면 진상하겠습니다."

리제트가 뺨을 붉히고 수줍어하며 히로아키의 안색을

살폈다.

"상관은 없는데 괜찮겠어? 난 먹는 걸로는 거짓말 못하는 남자야. 거리낌 없이 말할지도 몰라."

히로아키가 놀리며 웃었다.

"어머, 히로아키 님을 실망시킬지도 모른다고 생각하니 몹시 긴장되네요. 하지만…… 그래도 히로아키 님이 드셨으면 좋겠어요."

리제트가 히로아키를 올려다보며 말했다.

"흠, 좋아. 그럼 다음 차 모임 날짜를 잡자. 먹을게. 잘 만들어 와."

히로아키가 싫지만은 않은 듯이 대답했다.

"네!"

리제트가 기뻐하며 수줍게 고개를 끄덕였다.

그 뒤에도 히로아키를 중심으로 대화가 오가며 시간이 흘러갔다.

히로아키도 이곳에 있는 사람들이 자신과 혼인하기를 원한다고 어렴풋이나마 알고 있었다. 알고 이 하렘을 마음껏 즐겼다.

"하하하……."

그러다 문득, 자꾸만 가르아크 왕국의 공작 영애이자 히로아키가 점찍은 리제롯테가 떠올라 현실로 끌려왔다.

플로라와 로아나 외에 약혼자를 고르면 마음속에 제일 먼저 리제롯테의 이름이 떠올랐다. 리제롯테가 연회가 끝나자마자 돌아가서 아쉬웠다.

'뭐, 리제트도 귀엽고 남심을 자극하는 법을 알아. 대화 외의 배려도 잘 하고, 합격점을 줄만도 한데…… 리제롯 테와 비교하면 부족하단 말이지. 리제트와 리제롯테. 이름 은 비슷하네. 그 뭐냐, 뭔가 히로인으로서의 매력이 하나 부족하다고 할까…….'

리제트에게 참으로 신랄하고 실례되는 평가를 내렸다.

'이러면 안 되지. 리제롯테는 그만 생각하자.'

히로아키가 작게 탄식하고 마음을 바꿨다.

"히로아키 님, 기분이 안 좋으세요? 안색이 나빠 보이세요."

리제트가 히로아키의 표정 변화를 알아차리고 안색을 살폈다.

"아, 아니, 그런 거 아니야. 갑자기 뭐가 좀 생각나서."

멍청하게 본인에게 말할 생각은 없었는지 히로아키가 겸연쩍게 말을 흐렸다.

"어머, 뭔가요?"

리제트가 히로아키의 말을 듣고 호기심을 보였다.

"으음, 그게. 아, 그거. 얼마 전에 어떤 왕국의 용사가 성 에서 소동을 일으켰다는 소문 들었어?"

히로아키가 눈을 굴리며 생각하다 때마침 좋은 변명이 떠올라 말을 꺼냈다.

"……네. 목격자도 적지 않다더군요."

소녀들이 얼굴을 마주 보며 조심스럽게 고개를 끄덕였

다. 히로아키가 언급한 인물이 센트스텔라 왕국의 타카히 사임을 알지만, 아무리 타카히사가 잘못했다고는 하나 용사에 부정적인 화제는 몹시 민감했다.

서로 속내를 아는 가까운 사람만 모인 자리라면 모를까, 그렇지 않은 자리에서는 가문의 이름을 짊어진 공인으로서 타국의 용사를 헐뜯어선 안 됐고, 경솔한 발언을 하면 실언으로 여겨져 본가에 폐를 끼치는 대참사가 벌어졌다.

반응이 희미한 게 당연했다.

"경위를 들으니까 같은 용사로서 부끄럽다고 할까, 몹시 유감이야. 솔직히 어떻게 생각해?"

그러나 같은 용사라서 그런지 히로아키는 배려할 생각이 없어보였다. 소녀들의 의견을 구했다.

"음……."

소녀들이 식은땀을 흘렸다.

"히로아키 님, 민감한 화제이니 거두어주세요."

지금까지 조용히 지켜보던 로아나가 탄식하고 히로아키에게 충고했다.

"음, 뭐, 너희한테는 그럴 수도 있지만, 나한테는 뭐라고 하지, 아~아, 저질러버렸구나, 하는 기막힌 감정이 더 크다고 해야 하나, 한마디 해주고 싶어."

히로아키가 통탄스럽게 말했다.

"……."

로아나는 더 말하지 않고 입을 다물었다.

"너무 우쭐했어, 그 녀석. 머리가 좀 좋아도 어차피 일본에서는 리얼충이었겠지? 그런 놈이 용사 치트를 얻고 이세계니까 하고 싶은 대로 할 수 있다고 착각한 건가?"

히로아키가 무척 신이 난 말투로 타카히사를 욕하기 시작했다.

"하지만 현실에서 하고 싶은 대로 하면 안 되지. 명백히 쓰레기 같은 행동을 한 주인공이 운 좋게 아무런 비난도 받지 않는 건 창작물에서나 가능한 이야기야. 현실에서 넘으면 안 되는 선을 넘으면 분위기 작살나거든. 그래도 뭐, 자기보다 강한 녀석에게 패배해서 히로인을 빼앗기는 전개라니, 그 녀석이 이야기 주인공이고 내가 독자라면 스트레스 받아서 댓글 테러했겠지만……."

거기까지 말하고 조금 동정이 들었는지 불쌍한 듯 쓴웃음 지었다.

그러나 히로아키가 하려는 말을 이해한 사람은 아무도 없었다. 그래서인지 어색하고 당황한 모습이 보였다.

히로아키는 반응이 좋지 않은 것을 깨달았다.

"아, 요약하면 같은 용사로서 일상적인 언행은 자기 상황을 잘 파악하고 잘 생각하고 해야 한다는 거야. 용사 중에 저런 녀석이 한 명이라도 있으면 다른 용사의 이름에까지 흠집이 나잖아. 그러면 용사의 위엄에 기대는 국가도 곤란하겠지?"

요란하게 어깨를 으쓱하고 동의를 구하며 사람들의 얼

굴을 둘러봤다.

"……히로아키 님의 용사로서의 자각과 공인으로서의 높은 의식에 감복할 따름입니다. 대단하세요."

일동이 동의해야 하나 고민하던 중, 제일 먼저 로아나가 동의했다.

"아아, 아니야, 사실인걸. 칭찬할 거 없어."

히로아키가 조금 멋쩍은지 자중하며 겸손을 떨었다.

정령환상기

【 제 4 장 】❀ 세리아의 결단

한편, 성을 떠나 왕도를 나온 리오와 미하루는 길을 따라 걷다가 인기척이 사라지자 길을 빠져나갔다.

"아이시아, 이제 나와도 돼."

리오가 우선 아이시아를 불렀다.

"응."

그러자 아이시아가 바로 옆에 나타났다.

"요즘 영체화한 채로만 있어서 심심했지?"

"왕도에 있는 동안 정말 고마웠어, 아이."

리오와 미하루가 아이시아에게 말을 걸었다. 왕도에 머무는 동안 아이시아의 공이 가장 컸다. 바위 집과 연락도 도와주고 미하루가 타카히사에게 납치됐을 때도 그늘에서 진력을 다했다.

사츠키에게 아이시아가 정령이라고 밝히지 않아서 성에서는 실체화하지 않았다. 이렇게 셋이서 얼굴을 마주하는 것은 실로 오랜만이었다.

"괜찮아. 하루토 안은 기분 좋으니까."

아이시아가 변함없이 억양 없는 목소리로 조용히 말했다.

"그래……."

리오가 조금 부끄러운지 수줍게 웃었다. 아이시아가 영체화해서 계약자인 자기 몸 안에 있을 때 느낌이 어떤지는 모르겠지만, 기분이 좋다니 괜히 쑥스러웠다.

"여기 있을 이유도 없으니 집으로 돌아갈까?"

"응."

이제부터는 하늘을 날아 이동하면 됐다.

"아, 그 전에 아이와 잠깐 할 이야기가 있는데 괜찮을까요? 금방 끝나요."

그때, 미하루가 기다려달라고 했다.

"……네, 물론이죠."

리오가 눈치 있게 수긍하고 두 사람에게서 멀어졌다. 그러자 아이시아가 고개를 갸웃거리며 미하루에게 말했다.

"왜? 미하루."

그러자.

"응, 아이에게 고맙다는 말을 하고 싶어서."

미하루가 조금 부끄러워하며 이야기를 꺼냈다.

"뭘?"

"하루토 씨와, 하루 일로. 왕도에 오기 전에 내게 말해줬잖아? 계속 같이 있고 싶으면 도망치지 말라고."

"응, 했어."

아이시아가 그런데 왜 그걸로 고맙다는 말을 하냐는 얼굴로 고개를 갸웃거렸다.

"소극적인 내가 도망치지 않은 건 아이 덕분이야. 덕분에 지금이 있는 거야. 감사를 표하고 싶었어. 고마워, 아이."

미하루가 부드럽게 미소 지으며 감사를 표하고 아이시

아를 살짝 끌어안았다.

"······응."

아이시아가 살며시 웃으며 고개를 끄덕이고 미하루를 마주 안았다.

"내가 아이에게 또 신세질 수도 있지만, 뭔가 곤란한 일 있으면 나한테 말해. 하루토 씨 일이면 더욱더. 나는 신경 쓰지 말고."

"응."

두 사람은 조용하게, 그러나 분명하게 마음을 주고받았다.

"이제 갈까? 하루토 씨를 오래 기다리게 하면 안 되니까."

"응."

너나할 거 없이 끌어안은 팔을 풀고 함께 리오에게로 돌아갔다. 리오는 무슨 이야기를 했는지 묻지 않았고 그들은 비로소 바위 집으로 출발했다.

몇 분 뒤, 바위에 섞인 바위 집을 발견하고 하강해 집 앞에 내려섰다. 참고로 리오가 아직 하늘을 날지 못하는 미하루를 안고 왔다.

"자, 내리세요."

리오가 미하루를 다정하게 바닥에 내려줬다.

"네, 네."

미하루가 뺨을 붉히고 부끄러워하며 고개를 끄덕였다. 이전부터 이동할 때마다 리오가 안아주는 데 익숙해져서 그렇게 의식하지 않았는데 은근히 반응이 순진했다.

"미하루, 얼굴이 빨개."

아이시아가 고개를 갸웃거리며 지적했다.

"그, 그래? 아닌 것 같은데."

미하루가 황급히 시치미를 뗐다. 그러나 얼굴은 정직했다. 안 그래도 하얘서 얼핏 봐도 홍조를 띤 것이 리오 눈에도 보였다. 이유는 짐작이 갔다. 예전 같으면 그냥 착각이겠거니 했겠지만, 유괴소동 때 미하루와 타카히사의 대화를 들었으니까.

—— 둘 다 좋아해. 환생 전의 하루도, 지금의 하루토 씨도. 나는 같은 사람을 두 번, 좋아하게 됐어.

리오가 벽창호 소리를 듣긴 하지만, 이런 전제가 있는 상황에는 남의 호감을 느끼는 모양이었다.

"……."

그러나 호감을 자각하고도 스스로 무덤을 파지 않게 언행을 삼가는 것은 여전했다. 그때, 바위 집 문이 열렸다.

"어서 와, 오빠, 미하루 언니, 아이시아 언니!"

라티파가 달려 나왔다. 세리아, 사라, 오피아와 아르마도 이어서 나타났다.

아이시아가 실체화했으니 정령과 계약한 사라, 오피아, 아르마는 리오 일행이 다가오는 줄 알았으리라. 거기에 바위 집을 에워싼 탐지결계 효과로 귀환을 확신하고 밖으로 나온 것이었다.

"다, 다녀왔어, 얘들아."

미하루가 아직 붉은 얼굴을 감추듯 밝게 웃으며 말했다.

"응, 어서 와……."

세리아 일행이 반갑게 맞이하면서도 미하루가 밝게 행동하는 게 묘하다고 생각했는지, 미하루의 얼굴이 달아오른 것을 눈치챘는지, 아니면 리오가 조금 불편하게 서 있는 걸 알아챘는지 의미심장한 시선을 보냈다.

"다, 다들 왜 그래?"

미하루가 목소리를 높이며 물었다.

"아뇨, 딱히……."

사라가 그렇게 대답은 했지만, 모두 나란히 미하루를 봤다. 보기만 해도 반응이 알기 쉬웠다. 미하루는 견디지 못하고 시선을 방황했다.

"선생님, 오자마자 죄송하지만, 할 이야기가 있어요. 잠깐 괜찮을까요?"

리오가 미하루를 도울 겸 쓴웃음 지으며 세리아에게 말을 걸었다.

리오는 집으로 들어가 세리아와 자기 방으로 들어갔다.

"할 이야기는 전에도 말했던 선생님의 본가 일이에요. 당분간 예정이 없어서 언제든지 갈 수 있다는 게 하나고요……."

리오가 의자에 앉아 세리아와 마주 보고 단도직입적으로 용건을 꺼냈다.

"응……. 또 있어?"

세리아가 진지한 얼굴로 고개를 끄덕이고 리오에게 물었다.

"중요한지는 모르겠는데 크리스티나 왕녀와 함께 샤를 아르보도 연회에 참가해서 일단 말씀드리려고요. 예상대로라고 해야 할지 유그노 공작파에 냉담하게 벽을 쌓고 화해할 기미도 없었어요."

리오가 세리아의 약혼자였던 남자의 이름을 꺼내고 근황을 보고했다.

"그랬구나……."

세리아가 고통스럽게 얼굴에 그늘을 드리웠다.

"그리고 하나 더, 크리스티나 왕녀 말인데요……."

"크리스티나 님?"

"귀국할 때 잠깐 대화할 기회가 생겨서 샤를 아르보와 귀족들에게 들리지 않게 떠나면서 귓속말을 했어요. 아망드가 습격당했을 때 플로라 왕녀를 구해줘서 고맙다고요."

"……그래."

세리아가 몹시 당황했다.

"대사로 참가해서 일단은 자유롭게 움직일 수 있었나 본데 항상 동향을 감시하는 것 같더군요. 다른 귀족들의 눈이 있는 곳에서는 플로라 왕녀를 차갑게 대했어요."

"……연기구나. 그래서 리오에게만 플로라 님 일로 감사를 전한 거고."

"뭐, 그렇겠죠. 학원 시절에도 플로라 왕녀를 신경 쓰던 기억이 나니까요. 저와 선생님이 처음 만났을 때, 크리스티나 왕녀가 슬럼가에 온 것도 플로라 왕녀 때문이었잖아요?"

리오가 예전에 크리스티나와 있었던 일을 돌이켜봤다.

"……응, 맞아. 그때 억지로 따라와서 폐하께 혼이 나셨어. 네게 크리스티나 왕녀는 보기 좋은 사람이 아니겠구나."

세리아가 미안한 표정을 지었다.

"아뇨, 뭐, 절 싫어한 것 같지만, 별 생각 없어요. 다른 왕후 귀족 아이들에 비하면 귀여운 수준이었고 학원에서 직접 괴롭히지도 않았거든요. 슬럼가에서 처음 만났을 때는 말다툼을 벌였지만, 그 뒤로는 피하더라고요."

철저히 거리를 뒀다. 리오는 쓴웃음 지었다.

"……리오, 정말 괜찮아?"

세리아가 조심스럽게 물었다.

"뭐가요?"

"너는 벨트람 왕국에 복잡한 마음을……. 아니, 혐오해도 이상하지 않아. 하지만 나는 벨트람 왕국의 귀족이라서, 본가 때문에 벨트람 왕국을 위해 움직여야 해. 내 신분과 처지를 완전히 버릴 수 없어. 그런 나를 위해 네 힘을 빌리는 건……."

세리아가 몹시 고민한 얼굴로 말했다.

"……이제 와서 무슨 말씀이세요? 연회 중에 이 방에서 말씀드렸잖아요. 제가 할 수 있는 게 있으면 무엇이든 말해주세요. 제가 들어드릴 테니까. 저는 그러려고 선생님을 결혼식장에서 데리고 온 거라고요. 그러니까 선생님도 결혼식장에서 도망쳤을 때의 마음을 잊지 말아달라고요."

리오가 탄식하고 다정하게 말했다.

"……하지만 저번에 이야기했을 때와는 상황이 많이 달라졌어. 지금 너는 가르아크 왕국의 명예기사야. 나를 위해 위험한 다리를 건너다가 나 때문에 그 자리가 위태로워지면……. 미하루도 용사가 된 친구와 기껏 다시 만났는데, 그렇게 되면 더는 못 만날 수도 있어. 그리고 미하루는 네가 환생하기 전의 세상에서 소꿉친구였던 아이잖아?"

"네. 그건 뭐, 그렇죠……."

"그러면 미하루를 소중히 해야지. 이 세계의 네 유년기는, 왕립학원은 그 모양이었고 슬럼가에서는 괴로운 환경에서 자랐으니까…… 어릴 적부터 함께 있었던 소꿉친구라 할 수 있는 존재가 없을 거야. 그렇지?"

세리아는 미하루가 마음에 걸리는 모양이었다. 리오의 귀에는 자기보다 미하루를 소중하게 여기라고 말하는 것처럼 들렸다.

"소중한 소꿉친구는 이 세계에도 있어요."

리오가 어이없어하며 말했다.

"……어? 그, 그래?"

처음 들었다. 세리아가 눈을 깜빡였다.

"지금 제 앞에 있잖아요. 선생님이에요. 이 세계의 제 소꿉친구는."

"……뭐, 뭐뭣. 또, 또, 그렇게 놀리기나 하고!"

세리아가 갑작스러운 기습에 말문이 막혔다가 얼굴을 붉히고 리오를 꾸짖으며 소리 질렀다.

"놀리는 거 아니에요. 일곱 살부터 열두 살이 될 때까지 계속 함께했잖아요? 함께 보낸 기간은 이 세계 누구보다 길어요."

리오가 자신 있게 말했다.

"하, 하지만, 난, 네 선생님이야. 소, 소꿉친구라니……."

기뻤다. 하지만 나에게 그럴 자격이 있을까?

"옛날에 선생님을 친구처럼 생각한다고 말했는데요? 잊으셨어요?"

리오가 옛날 일이 생각났는지 키득 웃었다.

"내가 네…… 친구야?"

세리아가 불안하게 물었다.

"네. 안 돼요? 물론 은사님이라고도 생각해요. 잠깐만, 학원 시절에도 이런 대화 하지 않았나요?"

리오가 묘한 기시감을 느끼고 고개를 갸웃거렸다. 옛날, 왕립학원에 있던 세리아의 연구실에서 비슷한 대화를 나눴는데 명확하게 떠오르지는 않았다.

하지만 그래도…….

"아무튼 미하루 씨는 소중한 사람이 맞아요. 그런데 세리아 선생님도 소중한 사람이에요. 아마카와 하루토의 소꿉친구가 미하루 씨라면 리오의 소꿉친구는 지금 제 앞에 있는 세리아 크렐이에요. 적어도 저는 그렇게 생각해요."

리오가 단호하게 말했다.

"으……."

얼굴을 마주 보고 그런 말을 하니 세리아는 말문이 막혔고 얼굴이 새빨개졌다. 세리아 크렐이라니, 처음으로 풀네임으로 부른 것 같았다.

"선생님은 제게 소중한 사람이에요. 그래서 저는 샤를 아르보와 억지로 결혼하고 불행해질 뻔한 당신을 못 본 척할 수 없었어요. 그래서 당신에게 손을 내밀었어요. 당신은 내 손을 잡아줬죠. 그때와 지금, 상황은 아무것도 달라지지 않았어요. 사양하지 마세요."

리오가 세리아에게 오른손을 내밀었다.

"뭐, 뭐야……?"

세리아가 리오가 내민 오른손을 쭈뼛쭈뼛 내려다봤다.

"선생님 본가에 언제든지 갈 수 있어요. 오늘내일에라도 가고 싶다면 이 손을 잡아주세요."

리오가 손을 내민 채, 세리아에게 결단을 촉구했다. 그 순간, 세리아의 뺨을 타고 또르륵 눈물방울이 흘렀다.

"모, 몰라. 나 같은 사람을 위해……."

세리아가 눈물을 흘리며 리오의 손을 잡았다.

◇ ◇ ◇

리오는 자기 방을 나와 거실로 갔다. 세리아는 우는 얼굴을 보이고 싶지 않다며 지금도 리오의 방에 틀어박혀있었다.

그리고 리오가 거실에서 목격한 것은 미하루가 라티파, 사라, 오피아, 아르마에게 에워싸인 모습이었다. 아이시아는 조금 떨어진 곳에서 홀로 앉아 피곤한지 작게 하품을 했다.

"그, 그래서, 리오 씨가 들었습니까? 아니, 고, 고고, 고백을, 했습니까?"

사라가 허둥지둥하며 미하루에게 물었다.

"고, 고백 아니야! 직접 말하지 않았으니까 고백한 걸로 치면 안 돼."

미하루가 황급히 양손을 내저으며 부정했다.

"마음이 전해진 건 사실이잖아요?"

"음. 이러면 미하루가 한 발 앞서 가는데……."

아르마와 오피아가 초조하게 말했다.

"우으으으, 미하루 언니, 역시 오빠를 좋아하잖아!"

라티파가 불만스럽게 입을 내밀었다.

"……저기."

그때, 리오가 불편해하며 그들에게 말을 걸었다.

"앗, 리오 씨?!"

대화에 열중했는지 리오가 조금 전에 거실로 나온 줄 몰랐다. 아이시아를 제외한 모두가 몸을 움찔했다.

"어…… 무슨 이야기 중이었어요?"

어렴풋이 내용이 예상되지만, 너무 불편해서 못 들은 것으로 하기로 했다.

"아, 아무것도 아니에요!"

미하루가 얼굴을 붉히며 외쳤다.

"리오 씨는 세리아 씨와 무슨 이야기를 했습니까?"

사라가 헛기침을 하고 리오에게 물었다.

"선생님을 본가로 모셔가는 이야기요. 내일이라도 이곳을 떠나 서쪽 벨트람 왕국으로 갈 생각이라 여러분에게 말씀드리고 상의하려고요. 아이시아만 와도 충분할 것 같으니 여러분은 이곳에 머물러도 돼요."

리오가 세리아와 아이시아하고만 크렐 백작령으로 갈 생각이라고 말했다.

"당연히 함께 가겠습니다!"

사라 일행이 서로의 얼굴을 쳐다보더니 힘차게 동행을 청했다.

【 제 5 장 】 ❈ 해후

다음 날 아침, 리오 일행은 바위 집을 설치한 거점을 치우고 벨트람 왕국 중동부에 있는 크렐 백작령으로 떠났다.

리오, 아이시아, 오피아는 바람의 정령술로 하늘을 날았고 세리아, 미하루, 라티파, 사라, 아르마는 거대한 독수리를 닮은 오피아의 계약 정령 에어리얼 등에 타고 해가 지기 전에 크렐 백작령에 돌입했다.

예전에 한 번 온 적이 있는데 크렐 백작령 영토는 크레이아라고 하며 당연히 세라아의 본가도 이곳에 있었다. 계획으론, 노시 근교에 있는 숲속에 바위 집을 설치해 거점을 세운 후, 어두워지기를 기다려 야음을 틈타 예전에도 침입한 적이 있는 저택 지하실로 숨어들자고 세리아와 의논해 결정했다.

영지에 들어와 몇십 분이 지나자 저 멀리 크렐 백작령의 영도가 보였다.

"하루토."

그때, 아이시아가 리오를 불렀다.

"알았어. 여러분, 도시까지 아직 거리가 있지만, 일단 밑에 있는 숲으로 내려가죠."

리오가 주변 사람들에게 지시를 내렸다.

"왜, 왜 그래?"

갑자기 하강하자 세리아가 의문을 입에 담았다.

"도시 부근에 뭔가가 날아다니는 걸 봤습니다. 계속 접근하면 발견될 우려가 있어서 내려가는 겁니다."

사라가 상황을 파악하고 세리아에게 이유를 가르쳐줬다.

"마도선이라도 있었어?"

"아뇨, 무슨 생물 같습니다. 등에 사람도 보였습니다. 그리핀이었던 것 같은데……."

"……우리 본가에서 키우는 그리핀일까?"

세리아가 이상한지 고개를 갸웃거렸다.

그러는 사이, 일동은 숲속에 착지했다. 사방이 나무로 둘러싸여서 그리핀이 사람을 태우고 날아도 들키지 않을 터였다.

"상황을 살펴볼 테니까 이곳에 바위 집을 설치해주실래요? 오다가 길을 헤맬 수도 있으니까 아이시아도 여기 남아줘. 세리아 선생님은 저와 같이 가세요. 도시 상황을 잘 아실 테니까."

리오가 척척 지시했다.

"응. 그런데 날아가면 들키지 않을까?"

"그래서 숲속을 달려서 가려고요."

"음, 신체능력 강화마법을 쓸 수는 있지만, 너처럼 빠르지는 않을걸."

세리아는 운동을 못했다. 만능형 마도사로서 수많은 마법을 습득해 마법으로 신체능력을 강화할 수는 있지만, 정

령술로 신체를 강화한 리오의 인간 수준을 벗어난 동작에
는 따라가지 못했다.

애초에 뇌가 마법으로 강화한 신체능력을 처리하지 못
하는 게 문제였다. 신체능력은 무작정 강화만 하면 되는
게 아니었다. 강화된 신체능력을 컨트롤하는 운동 센스가
필요하다.

세리아에게는 그런 자질이 압도적으로 부족했다. 이렇
게 지면이 고르지 않은 깊은 숲속에서 달리기는 말할 것도
없었다.

"걱정하지 마세요. 제가 안고 달릴 테니까. 하늘을 나는
것보다는 흔들릴 텐데 양해해주세요."

문제는 쉽게 해결났다.

"아, 알았어."

리오에게 안긴다는 말을 듣고 세리아가 뺨을 살짝 붉히
고 고개를 끄덕였다.

그로부터 30분도 안 돼서 리오와 세리아는 영도 크레이
아에 도착했다.

"……어라, 벨트람 왕국 공수 기사단이야. 왜 이런 곳에
있지?"

어느 정도 도시에 접근해 길로 달려 나가자 세리아가 하

늘을 올려다보며 말했다. 참고로 길로 나오기 조금 전까지 안고 있다가 내려줬다.

그리핀에 올라탄 벨트람 왕국 공수 기사단이 도시 부근 상공을 배회했다. 그리핀은 천상의 사자라고도 불리며 용을 제외하면 하늘의 패자로 꼽히고 지능이 매우 높았다.

성질이 거칠고 주로 산악지대에 사는데 일부 국가에서는 사람이 사육해 승용수로 부렸다. 상반신이 맹금류라서 그런지 시끄러운 울음소리가 특징이었다.

"귀한 항공 전력을 파견할 정도면 사태가 심각한가 봐요? 도시에서 정보를 모아보죠."

"응."

세리아가 굳은 표정으로 고개를 끄덕였다. 리오와 세리아는 도시를 향해 걸었다.

◇ ◇ ◇

현재 있는 곳은 크레이아 성벽 외부에 펼쳐진 거주구역의 한 광장. 리오와 세리아는 소박한 무늬 없는 로브를 입고 후드로 얼굴을 가린 채 그곳을 거닐고 있었다.

"별로 활기차지가 않네. 아니, 그보다는……."

"실업자인지, 이주민인지…… 집이 없어 보이는 사람이 많네요. 성벽 밖인데 순찰하는 병사도 많아요."

성벽 외부는 도시 세금이 대폭 면제돼서 어느 도시든 노

점이 늘어서 북적이는 게 보통이었다.

　그러나 리오와 세리아의 눈에는 매대 수도 적고 장을 보러 나온 사람도 적었다. 집을 잃었는지 광장 구석에 있는 빈 공간에 앉은 가족과 그룹이 많았다.

　한눈에 봐도 생각보다 거주지가 불안정해 보이는 사람이 많았다.

　"게다가 영병이 순찰하는 것도 아니야. 국군 제복을 입은 병사밖에 없어. 무슨 일이 일어난 거지, 대체⋯⋯."

　아무래도 지금의 크레이아는 세리아가 아는 고향과 분위기가 많이 다른 모양이었다. 고향 분위기가 변한 것에 적잖이 당황했는지 세리아의 안색이 나빠졌다.

　애초에 지방 영수가 다스리는 토지에 나라의 군대가 머무는 것부터가 이상했다. 전쟁 중이 아닌 한, 각 도시의 방어는 오로지 영주 책임이었다. 기본적으로 국군은 개입하지 않았다.

　"전시 중⋯⋯이지도 않죠. 그러면 국군 병사가 이렇게 많이 있는 데는 무언가를 수색하거나 무언가를 경계한다는 건데⋯⋯."

　리오가 있을 법한 가능성을 말했다.

　"어이, 거기 여자와 남자. 후드를 벗어라."

　병사가 다가와 세리아와 리오에게 후드를 벗으라고 명령했다.

　"어? 나, 나⋯⋯?"

세리아가 몸을 움찔했다.

"……괜찮아요. 벗으세요."

리오가 자기 후드를 벗으며 세리아에게 지시했다.

"응……."

세리아가 조심스럽게 후드를 벗었다. 그러자 마도구로 색을 바꾼 세리아의 금발이 병사 눈에 비쳤다.

"……쳇. 가라."

병사는 머리카락 색에만 주목하는지 혀를 차고 떠났다.

'사람을 찾는 모양이군.'

리오가 이번에 나눈 대화로 추측했다.

'영주의 딸인 선생님을 찾나? 하지만 선생님은 실종되고 시간이 꽤 지났어. 저번에 왔을 때는 이렇게 삼엄하지 않았고. 설마 이제 와서 이렇게 대대적으로 수색하지도 않을 텐데…….'

그렇다면 다른 사람을 찾는 것일 가능성이 컸다.

"후드로 얼굴을 가리면 또 불심 검문을 당할 수도 있겠어요. 괜히 의심받고 싶지 않으니 차라리 당당하게 얼굴을 드러내는 게 좋겠어요. 얼굴을 드러내고 걸을까요? 지인을 만날 수도 있으니 선생님은 본가가 있는 귀족거리에서 되도록 가만히 계세요. 제가 대신 보고 올게요."

리오가 제안했다. 세리아는 남보다 외모가 뛰어나 괜한 분쟁에 휘말리지 않을까 걱정됐지만, 가는 곳마다 병사에게 불심 검문 당하는 것보다는 나았다.

귀족거리는 성벽 내부에서도 안쪽에 있어서 지인과 맞닥뜨릴 가능성은 적었고 머리카락 색을 마도구로 바꿨으니 귀족거리 밖에 지인이 있어도 얼핏 봐서는 알아보지 못하리라. 허용할 수 있는 정도의 위험성이었다.

"알았어."

"성벽 밖은 치안이 그다지 좋지 않으니 안으로 가죠."

"……응."

두 사람은 도시 성벽 내부로 향했다.

리오는 성벽 내부로 들어가 세리아를 아담한 찻집에 앉히고 홀로 세리아의 본가인 영관에 접근했다. 30분 정도 짧게 상황을 보고 바로 세리아가 기다리는 찻집으로 돌아왔다.

"저택 경비가 제법 삼엄해요. 그쪽에도 국군 병사가 꽤 있더군요. 저택 주위를 에워쌌어요. 어떡할까요? 오늘 밤에라도 예정대로 잠입할까요?"

영관 상황을 전달하고 세리아에게 잠입을 시도할 것이냐 물었다.

"……잠입할 수 있다면 가볼래. 하지만 발견될 위험성이 크면 무리할 필요 없어."

세리아가 꺼려하는 것처럼 말했다. 지금까지 도시 상황

을 살펴보고 이곳에 무슨 일이 일어났는지 신경 쓰이는 듯
했다.

"가능해요. 저번에 왔을 때 사용한 숨겨진 지하통로 입구
까지는 야음을 틈타 들키지 않고 모셔갈 수 있어요. 그리
고 만약 발각돼도 우리 정체를 모르는 데다, 밤에는 도주
루트가 다양해서 위험성이 좀 커도 가볼 가치는 있어요."

리오는 세리아가 거리끼지 않게 잠입에 적극적인 의견
을 냈다.

"고마워. 그럼 부탁할게, 하루토."

세리아가 난감하게 미소 짓고 리오에게 꾸벅 머리를 숙
였다.

◇ ◇ ◇

그 후, 리오는 세리아를 데리고 바위 집으로 돌아가서
아이시아와 함께 다시 크레이아로 돌아왔다. 미하루와 사
라 일행에게는 계속 집을 지켜달라고 했다.

그리고 숙소를 빌려 초목도 잠든 심야가 될 때까지 대기
하다가 드디어 크렐 백작저에 침입을 시도했다.

높직한 언덕 위에 있는 부지 안에 화톳불이 타오르고 병
사들이 여기저기 순찰을 돌았다. 평범한 실력자는 정원 침
입 자체가 불가능해보였다.

그러나 정령술로 하늘을 나는 리오에게는 야음을 틈타

경비병의 감시가 소홀해진 정원에 숨어드는 것이 그렇게 어렵지 않았다.

결혼식에서 도망친 세리아의 편지를 두러 올 때 썼던 침입경로를 파악해서 어렵지 않게 지하통로 입구에 도착했다.

분수 주변 바닥을 뒤지다 비밀 손잡이가 나타나자 단번에 바닥을 당겼다. 그러자 저택 지하로 이어지는 계단이 나타났다.

"들어가죠."

"응."

두 사람은 지하로 이어지는 계단을 내려갔다. 리오가 열린 바닥을 원래대로 돌려놓는 동안, 세리아가 벽에 있던 마도구로 빛을 밝혔다.

지하통로가 밝아지자 안으로 들어갔다. 잠시 걷자 저택 지하에 도착했는지 트인 공간이 나타났다.

정면 안쪽에는 위로 이어지는 계단, 좌우로는 문 몇 개가 있었다. 리오와 세리아는 일단 이곳에 멈췄다.

"여기서부터는 영체화한 아이시아에게 저택 상황을 봐달라고 부탁할게요. 집안에 마력 감지 마도구를 설치해놨나요?"

"있는데 꺼놨을걸? 우리 집은 마법 연구를 많이 하다 보니 다양한 마력원이 있어서 실수로 발동이라도 하면 오작동만 연발해서 말이야."

"그렇군요."

참으로 세리아의 본가다웠다. 그러면 아이시아가 임기응변으로 대처하면 되겠지.

그렇게 생각하는데 지하실 문 중 하나가 천천히 열렸다. 리오는 급히 세리아를 뒤로 숨기고 평소에는 잘 착용하지 않는 검은 로브 후드를 깊게 눌러쓰고 앞에 섰다.

문 뒤에서 나타난 사람은 아름다운 소녀였다. 연보라색 머리카락, 깊은 보라색 눈, 기품이 느껴지는 우아한 이목구비는 평민 소녀의 소박한 아름다움과 귀여움과는 이질적인 분위기가 감돌았다.

나이는 리오 또래 정도.

'크리스티나 왕녀?!'

바로 벨트람 왕국 제1 왕녀 크리스티나였다. 바로 얼마 전에 연회에서 만났으니 잘못 볼 리가 없었다.

크리스티나는 보라색 바탕의 귀여운 귀족의상을 입고 새하얀 판초를 둘렀다.

"바, 바네사!"

통로에서 후드를 눌러쓴 리오 일행을 발견하고 하얗게 질린 크리스티나가 크게 외쳤다. 그러자 문 뒤에서 다른 여자가 나타났다. 나이는 20대 중반 정도. 기사복을 입고 허리에는 가는 검을 찼다.

그 이름은 바네사 에마르. 예전에 슬럼가에 살던 고아 리오에게 검을 겨누고 성으로 연행한 기사였다.

바네사는 리오를 보고 날카로워졌다.

"뭐 하는 놈이냐?"

바로 전투태세에 들어갔다.

'어떡하지?'

정체를 밝혀야 하나, 도망쳐야 하나. 바로 결정하지 못했다. 반면 바네사는 아무런 망설임도 없이 리오에게 달려들었다.

죽일 의도는 없는지 무기는 뽑지 않았다.

그러나 눈에는 위험한 빛이 감돌았다.

'생각할 시간 없어.'

리오는 요격하기 위해 앞으로 발을 내디뎠다. 그 순간, 두 사람의 모습이 겹쳤다. 바네사가 리오를 붙잡아 구속하려고 했다.

그러나 바네사의 팔은 가볍게 비틀리고 말았다. 리오는 그 팔을 그대로 붙잡고 관절을 꺾으려고 했다.

"윽!"

바네사가 황급히 팔을 뿌리치고 리오의 배를 공격했다. 리오는 날아오는 바네사의 주먹을 옆에서 쳐서 방향을 바꿨다.

"뒤쪽 통로까지 물러나세요!"

"바네사, 비켜!"

리오와 크리스티나가 동시에 외치는 소리가 실내에 울렸다. 바네사가 빠르게 반응해 뒷걸음질 쳤다.

"광탄마법."

그러자 크리스티나가 오른손을 내밀고 주문을 외웠다. 크리스티나 손끝에 작은 술식이 떠오르고 빛의 탄이 세 발 연속으로 발사됐다.

마력을 에너지화한 빛의 탄이 곧장 리오에게로 날아갔다. 맨몸으로 맞아도 죽을 가능성은 작지만, 잘못 맞으면 뼈가 부러져 기절할 정도의 위력은 갖췄다.

리오는 정령술을 써서 신체능력과 육체 강도를 올렸다. 두 손에 이미 마력을 많이 모아 강화도를 굳혔다.

크리스티나가 쏜 마력 탄환이 전부 리오 눈에 보였다. 팔, 어깨, 몸통, 리오를 무력화하기에 충분한 조준이었다.

쉽게 피할 수 있지만, 리오가 피하면 뒤에 있는 세리아가 위험했다. 리오는 모든 탄환을 눈으로 좇으며 두 손을 날렸다.

"무슨……."

크리스티나가 쏜 마력 탄환이 터져 사라졌다. 인간이 쓸 수 있는 기술이 아니었다. 뒤에 있던 세리아가 경악했다.

한편, 크리스티나는 그 모습에 강한 기시감을 느꼈다. 바로 2주 전에 참석한 연회에 같은 기술을 쓴 소년이 있었다. 크리스티나는 반사적으로 공격 의사를 거두었다.

한편, 바네사는 바닥을 박차고 다시 리오에게 접근했다. 리오는 그 동작을 놓치지 않고 바네사 뒤로 파고들어 뒤에서 어깨를 붙들어 구속했다.

리오는 바네사를 방패삼아 크리스티나와 맞섰다.

"크리스티나 님! 저는 신경 쓰지 마시고 이 남자를!"

바네사가 몹시 초조하게 크리스티나에게 외쳤다. 인질이 되느니 죽음을 선택하겠다는 뜻이었다. 훌륭한 기사도 정신이었다.

"……기다리세요. 저희는 방어 의사는 있어도 해칠 의사는 없습니다."

리오는 조금 망설이다가 크리스티나에게 말을 걸었다. 그리고 뒤에 있는 세리아를 힐끗 봤다.

——이러면 되죠? 라고.

본가 비밀 방에 자국 왕녀가 숨어있는데 못 본 척할 수는 없을 것 같았다. 국군이 외부에서 누군가를 혈안이 되어 수색하는 사실을 비추어보니 이래저래 귀찮은 예감도 들었기 때문이었다.

세리아는 이미 상대가 크리스티나인 줄 눈치챘는지 리오에게 고개를 끄덕였다.

"앞으로 오세요."

리오가 뒤에 있는 세리아를 불렀다.

그때, 덜컹. 지금까지 닫혀있던 문 하나가 천천히 열리고 10대 중반 소년 두 명이 나왔다.

놀랍게도 리오도 잘 아는 일본인처럼 생겼다.

"뭐, 뭐예요? 대체 무슨……."

막 잠에서 깬 소년들이 상황을 파악하지 못하고 당황한 표정을 지었다. 그들의 얼굴을 본 리오의 눈이 조금 커졌다.

"너희는 나오지 마. 이야기가 복잡해져."

크리스티나가 소년들을 보지도 않고 말했다.

"아, 네……."

소년들이 조심스럽게 안으로 물러갔다. 대신, 문은 닫지 않고 바깥 상황을 살폈다. 그러자 세리아가 리오 옆으로 다가왔다.

"크리스티나 님."

크리스티나에게 무릎을 꿇고 신하의 예를 갖췄다.

"……누구냐."

크리스티나가 의아해했다.

"세리아 크렐입니다. 오랜만에 뵙습니다."

세리아가 후드를 벗고 공손히 머리를 숙였다.

"세리아 선생님……이십니까? 그 머리카락 색은……? 그보다 행방불명 아니셨습니까?"

세리아가 정체를 밝히고 인사를 하자 크리스티나의 표정에 적의가 사라진 대신 몹시 당황한 기색이 떠올랐다.

"샤를 아르보와 파혼한 후, 남의 눈을 피해 숨어있었습니다. 소란이 진정될 때를 봐서 아버지를 뵈려고 지하통로를 통해 몰래 저택에 들어갈 계획이었어요."

세리아가 진상을 살짝 얼버무리고 사정을 설명했다. 그때, 리오가 바네사를 풀어줬다.

"실례했습니다. 무례를 용서해주십시오."

그리고 사과했다.

"아, 아니, 먼저 공격한 건 나다. 그, 누군가에게 들키면 안 되는 상황이거든. 미안하다."

바네사가 당황하면서도 리오에게 마주 사과했다. 그동안 세리아는 일어나서 크리스티나와 정보를 주고받았다.

"그 결혼식은 세리아 선생님의 뜻으로 중단된 겁니까?"

크리스티나가 아연실색하며 물었다.

"네, 그게……."

세리아는 자기 의지로 결혼식장에서 도망쳤다고 강조하기 위해 힘차게 고개를 끄덕였으나 경위를 잘 설명할 수가 없어서 말문이 막혔다.

"외람되지만, 제가 도왔습니다. 오랜만에 뵙습니다, 전하."

그때, 리오가 후드를 벗고 크리스티나에게 인사했다. 상황을 따져보니 크리스티나가 벨트람 왕국 본국을 좌지우지하는 아르보 공작파와 대립하는 게 틀림없다고 생각했기 때문이었다.

"역시 당신은 아마카와 경……. 그런데 왜 당신이 세리아 선생님과……?"

크리스티나는 광탄마법을 쏘는 동작을 보고 리오가 하루토 아마카와이리라 예상했다. 그러나 세리아와 어떤 관계인지 이해가 안 돼서 당혹감은 사라지지 않았다.

"……실례지만, 정보를 공유할 수 있을까요? 대체 지금 크렐 백작령에 무슨 일이 일어나고 있는지 알기 위해 하루토가 저를 이곳으로 데려와줬거든요."

세리아가 크리스티나에게 부탁하며 간단하게 여기까지 온 경위를 설명했다.

"알겠습니다. 저는 아마카와 경도 참석한 연회를 마치고 벨트람 왕국으로 귀환한 후, 성에서 도망쳐 나왔습니다만, 공교롭게도 추적자가 따라붙어 꼼짝 못하는 상태였습니다. 의지할 사람이 크렐 백작밖에 없어서 큰 폐를 끼쳤습니다."

크리스티나가 여기까지 오게 된 경위를 설명하고 속이 탄지 얼굴에 그늘을 드리웠다. 세리아의 아버지인 크렐 백작은 왕족에 충성심이 높은 국왕파, 이른바 폰테인 공작파 소속이었다. 세력은 가장 열세지만, 아르보 공작파, 유그노 공작파와 다른 제3의 파벌이었다.

"그러셨군요. 공주님의 중대사라면 어쩔 수 없죠."

정보 공유가 너무 간단해서 아직 완전히 사정을 파악하지 못했지만, 그것은 서로 마찬가지였다. 세리아가 고개를 가로저었다.

"왕가를 향한 당신의 충성심에 진심어린 감사를……."

크리스티나가 세리아에게 정중히 인사했다.

"그런데 이제 와서 여쭤봅니다만, 세리아 선생님의 머리카락 색은 어떻게 된 겁니까? 선생님의 머리카락은 아름다운 흰색으로 기억합니다만."

크리스티나가 문득 생각났다는 듯이 질문을 던졌다.

"아, 으음, 이건……."

세리아의 얼굴이 불편해졌다. 머리카락 색을 바꾸는 마도구는 슈트랄 지방에서 일반적으로 존재하지 않는 마도구였다. 세리아는 천재 마도사이지만, 리오가 준 물건은 처음 보는 것이었다.

참고로 슈트랄 지방에는 수많은 술식이 유통되지만, 전부 일반에 공개되지는 않았다. 그중에는 일부에 은닉되어 비밀리에 관리, 운용하는 술식도 있었다. 그런 술식을 이용한 마술을 비술이라고 하며 함부로 외부에 흘리지 않았다. 1천 년이 넘는 슈트랄 지방 역사상, 비술 하나를 둘러싸고 나라간 전쟁이 벌어진 적이 있을 정도였다.

머리카락 색을 바꾸는 마도구는 그야말로 비술에 가까운 것이었다. 그래서 아무리 왕녀라고 해도 쉽게 가르쳐주기 망설여졌다.

"마도구로 머리카락 색을 바꿨습니다, 전하."

리오가 충성심의 갈림길에 놓인 세리아 대신 대답했다.

"그런 마도구가 있습니까?"

크리스티나의 눈에 강한 호기심이 깃들었다.

"실례했습니다. 계속 서서 이야기하기도 뭣하니 자리를 바꿔서 본론에 들어갈까요? 저쪽이 거실입니다."

하지만 더는 머리카락 색을 바꾸는 마도구를 언급하지 않고 리오와 세리아에게 자리를 바꾸자고 제안했다.

"네, 네."

세리아가 리오의 안색을 살피며 고개를 끄덕였다.

"국가 내부 정보가 새어나갈까 저어되신다면 저는 자리를 피하겠습니다."

그러나 리오는 우려 사항을 말하고 바로 동의하지 않았다.

"아뇨, 문제없습니다. 되도록 함께해주길 바랍니다. 숨겨도 소용없으니 솔직하게 밝히겠습니다만, 저는 지금 아무런 힘이 없습니다. 주위에 기대지 않으면 아무것도 못합니다. 그러니 되도록 명예기사인 당신의 힘을 빌리고 싶습니다. 뻔뻔한 줄 압니다만, 이야기라도 들어주시겠습니까?"

크리스티나가 자기가 어떤 궁지에 빠졌는지 당당하게 말하고 리오에게 깊이 머리를 숙였다. 왕족은 귀족에게, 그것도 타국 귀족에게 머리를 숙여서는 안 됐다. 그만큼 크리스티나가 절박하다는 뜻이었다.

"……알겠습니다. 동석하죠."

리오가 세리아의 얼굴을 봐서 동석하기로 했다.

"감사합니다. 그럼 바로 이동을…… 아, 그 전에 바네사를 소개하는 것을 잊었군요. 바네사. 아마카와 경에게 자기소개를."

크리스티나가 바로 거실로 가려다 아직 리오에게 바네사를 소개하지 않은 것을 깨달았다.

"네. 바네사 에마르입니다. 조금 전에는 대단히 실례가 많았습니다. 저도 크리스티나 님을 경호하러 연회에 동행해 당신의 활약을 목격했습니다. 부디 그 힘을 공주님께 빌려주십시오."

바네사가 리오에게 깊이 머리를 숙였다.

"확약할 수는 없지만, 사정은 들어보겠습니다. 저번 차 모임 때 크리스티나 왕녀 전하 뒤에 계셨던 분이죠?"

"기억해주시다니 영광입니다."

"아뇨, 전투 중에는 아는 분인 줄 몰랐는걸요. 그건 그렇 고 에마르라면 그 '왕의 검' 알프레드 경의 가족이십니까?"

왕의 검이란, 벨트람 왕국 최강의 검사에게 주어지는 칭 호였다.

"……오라버니를 아십니까?"

"면식은 없지만, 세리아……. 실례했습니다. 세리아 님 을 식장에서 모셔올 때, 쫓아온 알프레드 경과 검을 맞댄 적이 있습니다."

리오가 쓴웃음 지으며 의외의 접점을 고백했다.

"화, 확실히. 오라버니가 그런 일을 하기는……. 세리아 군을 결혼식장에서 데려간 사람이 당신이고, 오라버니와 검을 맞대고 도주한 겁니까?"

바네사가 경악하는 눈으로 리오를 보았다.

"네, 뭐어."

"그, 그런가……. 정말 대단한 실력이군."

"아닙니다. 이제 이동하시죠."

"그럼 이쪽으로."

리오의 말에 바네사가 앞장섰다. 네 사람은 거실이 있는 문으로 걸어갔다. 그 전에 소년이 그들에게 말을 걸었다.

"저기, 우리는 어떡해요……?"

아까 전투 중에 무시당했던 일본인처럼 생긴 두 소년 중 한 명이 조심스럽게 손을 들고 물었다.

"크리스티나 님, 저들은?"

세리아가 두 소년을 힐끗 바라봤다.

"저들은……. 뭐라 할까, 용사 소환에 휘말려 이 세계에 온 이들입니다. 왜 이곳에 있는지 자세히 설명하면 이야기가 길어져서……."

크리스티나가 이마를 짚고 괴롭게 말했다.

"루이 님의 친구이시군요?"

리오는 그 용사가 시게쿠라 루이임을 알아차렸다.

"루, 루이를 아세요?"

아까 손을 들지 않은 소년이 리오에게 말을 걸었다. 그 말은 일본어가 아니라 이 세계의 말이었다.

"네. 저번 연회 때 뵀습니다."

"그러셨군요……."

소년이 그늘진 얼굴을 보였다.

"그 분이 왜요?"

"아, 아뇨, 아무것도 아니에요. 죄송합니다……."

말은 그렇게 했지만, 아무것도 아닌 것 같지 않았다.

"모처럼 자리가 만들어졌으니 너희도 두 분에게 자기소개 하는 게 어때?"

크리스티나가 두 소년에게 리오와 세리아에게 자기소개

를 시켰다.

"아, 네! 어어……."

루이와 관련 있어 보이는 소년이 긴장해서 고개를 끄덕였으나 뭐라고 자기소개해야 할지 망설여져서 말이 궁했다.

"저는 사이키 레이예요. 아, 이쪽 세계에서는 레이 사이키군요. 이 녀석과 루이의 선배인데 기억할 만큼 대단한 사람은 아닙니다. 그래도 잘 부탁드려요."

레이라고 이름을 밝힌 소년이 대신 자기소개를 했다. 사용하는 말은 역시나 일본어가 아니라 슈트랄 지방 공통어였다.

"아뇨, 기억하겠습니다. 하루토 아마카와입니다. 잘 부탁드립니다."

자기소개를 희한하게 하는 사람이었다. 리오는 키득 웃고 레이에게 자기소개를 했다.

"하루토 아마카와……."

레이가 이름을 듣고 리오의 얼굴을 가만히 바라보았다. 일본인 이름처럼 들렸으리라.

"어어, 이 저택을 소유한 백작의 딸인 세리아 크렐입니다. 잘 부탁해요, 레이 군."

리오의 전생을 아는 세리아가 레이의 의심을 알아차리고 주장하듯이 레이에게 인사했다.

"아, 네, 네."

레이가 꾸벅 머리를 숙였다.

"거기 계신 분은?"

세리아가 조금 내성적으로 보이는 다른 소년에게 말했다.

"코, 코우타예요. 코우타 무라쿠모. 잘 부탁드립니다."

코우타가 쭈뼛쭈뼛 머리를 숙이고 리오와 세리아의 안색을 살폈다. 코우타도 일본어가 아니라 슈트랄 지방 공통어를 썼다.

'루이 씨의 지인이니 이 두 사람이 일본인인 건 분명해. 대체 어떻게 이 세계 말을 배웠는지 신경 쓰이는데⋯⋯.'

리오는 조금 신경 쓰였지만, 지금은 이 의문을 해소할 때가 아니었다.

"네."

"잘 부탁해요."

리오와 세리아가 합을 맞춰 코우타에게 대답했다.

"계속 붙잡아둘 수는 없으니 기회가 있으면 또 만나요."

레이가 가세요, 가세요, 하며 리오 일행을 재촉했다.

"그러면 너희는 계속 대기해. 무슨 일 있으면 거실에 있을 테니 오고. 가시죠."

크리스티나가 레이와 코우타에게 말하고 리오, 세리아와 바네사를 재촉했다. 네 사람은 일본인 소년 둘을 남기고 거실로 가서 식탁에 앉았다.

"선생님, 아버님을 뵙고 싶으시겠지만, 크렐 백작은 밤이 깊어야 지하실로 내려올 겁니다. 지금은 저택 안에도 수색대가 숙박 중이라 움직이기 힘든 모양입니다."

크리스티나가 먼저 세리아가 알고 싶어 하는 정보를 가르쳐줬다.

"그렇군요. 왕도에 계시면 헛걸음할 줄 알았는데 다행이에요. 그러면 아버지가 이곳에 오시길 기다리는 게 낫겠네요."

"네. 아직 시간이 있으니 그동안 여러 이야기를 주고받고 싶습니다."

"무슨 이야기부터 하면 될까요?"

"먼저 왜 함께 성을 탈출하셨는지 궁금합니다. 결혼식 때는 아무리 봐도 선생님이 납치당하는 것처럼 보여서……."

"납치되지 않았습니다. 아까도 말씀드렸지만, 저는 제뜻으로 하루토에게 유괴를 부탁했어요."

세리아가 결혼식 중지는 자기 뜻이라고 강조했다.

"그 이유를 여쭤도 되겠습니까?"

"……부끄럽지만, 귀족에게 주어진 사명에서 도망치고 싶었습니다."

"그 사명이란, 바꿔 말하면 샤를 아르보와의 정략결혼 말씀이십니까?"

크리스티나가 보다 구체적으로 사명 내용을 지적했다.

"네. 때로는 원하지 않는 사람과 결혼해야 하는 것이 여성 귀족에게 주어진 사명이라고 이해는 했습니다. 하지만, 그래도, 저는 그 사람과의 정략결혼을 받아들일 수가 없었어요."

세리아가 떳떳하지 못한 얼굴에 그늘을 드리우면서도

분명하게 말했다.

"뭐, 당연하죠. 저는 올바른 판단이라고 생각합니다."

크리스티나가 아무렇지 않게 세리아가 선택한 행동을 지지했다.

"……올바른, 판단이었을까요?"

한편, 당사자인 세리아는 의외라는 듯이 눈을 크게 뜨고 자신 없게 말했다.

"우리는 자유롭게 혼약 상대를 고를 수 있는 처지가 아닙니다. 그것은 가문을 위해서, 나아가서는 나라를 위한 일이기 때문입니다. 그런 실리가 없는, 아니, 오히려 해악을 끼치는 정략결혼이라면 준수할 가치가 없습니다."

크리스티나가 피식 웃으며 말했다. 해악이라고까지 해서 그런지 세리아가 눈을 깜빡이며 물었다.

"……공주님은 저와 그 사람의 정략결혼이 나라에 해악을 끼친다고 생각하세요?"

"그 남자와 아르보 공작의 존재가 벨트람 왕국에 해악이나 다름없습니다. 선생님도 그렇게 생각하셔서 결혼식에서 도망치신 것 아닙니까?"

"……잘못됐다는 생각은 했어요. 결과를 남긴다고는 하나, 아르보 공작가의 강제적인 방식 전부……."

"그래도 자신의 판단에 자신이 없으십니까?"

"잘못인지 아닌지 결정하는 건 제가 아니니까요."

세리아가 가냘프게 미소 지었다.

"그러면 아마카와 경의 도움을 받아 도망친 것을 후회합니까?"

"······아뇨, 후회하지 않습니다."

세리아가 잠시 생각하고 이번에는 딱 잘라 고개를 가로저었다.

"그러면 된 거 아닌가요?"

크리스티나가 훗 웃으며 말했다.

"물론 귀족 중에는 세리아 선생님의 결단을 부정하는 자도 있을 겁니다. 하지만 아르보 공작의 방식이 잘못됐다고 생각했죠. 성을 떠나는 것이 옳다고 생각했습니다. 그 의지를 관철했어요. 후회하지 않습니다. 그러면 그 결단이 옳았는지 판단하는 것은 나중 일입니다. 그리고 판단하는 것은 이 나라에 사는 우리······. 다른 이들은 몰라도 적어도 저는 선생님의 결단을 지지합니다."

크리스티나가 세리아의 방식에 동의했다.

"그렇게 말씀해주시니 기쁘네요."

세리아가 어떻게 반응해야 할지 몰라 조금 곤란한 미소 지었다.

"앞으로 세리아 선생님이 무엇을 하고 싶은지가 중요하지 않을까요? 이렇게 저택으로 돌아온 것을 보면 우리나라의 귀족임을 포기한 것도 아니잖습니까?"

"그건······ 한 번 도망친 제가 그럴 자격이 있을지······."

크리스티나의 질문에 세리아가 난감한 표정을 지었다.

"어머, 도망을 말씀하시는 거면 저도 마찬가지입니다. 왕성을 빠져나왔지만, 왕족임을 포기한 것은 아닙니다. 모든 것은 앞으로 왕족으로서 무엇을 하느냐, 어떤 결과를 남기느냐. 모든 것은 거기에 달렸다고 생각하니까요."

"……강하시군요."

크리스티나의 결연한 말에 세리아가 당황했다. 세리아도 똑같은 생각을 했으나 왠지 자신이 없었다. 용서받지 못할까 봐.

반면 크리스티나에게서는 강한 자신감과 각오가 느껴졌다. 괴로우리라. 왕녀라는 위치를 자각한 자가 도망치듯이 성에서 빠져나와 괴롭시 않을 리가 없었다.

어지간히 태평한 사람이거나 세상 물정 모르는 사람이면 괴롭지 않았을 것이다. 그리고 크리스티나가 둘 중 어느 쪽도 아니라는 것을 세리아는 알고 있었다.

그러면 대체 크리스티나는 왜 성을 떠났을까. 세리아는 그것을 알고 싶어졌다.

"저도 질문 드려도 될까요?"

"네, 괜찮습니다."

세리아의 말에 크리스티나가 망설임 없이 대답했다.

"크리스티나 님은 왜 이런 위험을 무릅쓰고 성을 떠날 생각을 하셨나요?"

세리아가 크리스티나에게 성을 나온 목적을 물었다.

"아버지께서 국가의 미래를 맡기셨기 때문에, 그 미래를 움켜쥐기 위해서입니다. 계속 왕도에 있으면 제게는 미래가 없었습니다. 그래서 위험을 무릅쓰고서라도 나라를 떠나기로 했습니다."

"국가의 미래를 움켜쥐기 위해……. 대체 공주님은 뭘 하시려는 거죠?"

결연하게 말하는 크리스티나의 기백을 느끼고 세리아가 당황해서 물었다.

"우선 로다니아로 가서 레스토라시온에 합류하겠습니다. 이후에는 시기를 신중하게 보고 아르보 공작가가 좌지우지하는 벨트람 왕국 본국 정부를 공격해 정당성과 영향력을 깎아내리고 레스토라시온을 정당한 왕정부로 승격시켜 힘 균형을 뒤집을 겁니다."

크리스티나의 말투는 매우 당당했다. 그러나 아무리 레스토라시온에 제2 왕녀 플로라와 용사 히로아키가 있더라도 현 국왕 필립 3세와 용사 루이가 벨트람 왕국 본국에 있는 한, 레스토라시온이 정당성이 떨어지는 느낌은 부정할 수 없었다. 제1 왕녀인 크리스티나가 레스토라시온에 가담하면 본국을 동요시킬 수는 있겠으나 정당성의 힘을 뒤집지는 못할 터였다.

"……그런 게 가능한가요? 대체 어떻게……?"

세리아가 반신반의하며 조심스럽게 물었다.

"지금은 방법을 가르쳐드릴 수 없습니다. 하지만 제가 로다니아에 도착하면 할 수 있습니다. 저는 어떻게 해서든

이 지하실을 나가 로다니아로 가야 합니다."

그렇게 말하는 크리스티나의 눈에 확고한 의지의 등불이 깃들었다.

"저도 하나 여쭤도 될까요?"

리오가 처음으로 능동적으로 대화에 끼어 질문 허락을 청했다.

"네."

크리스티나가 깊게 고개를 끄덕였다.

"외람되지만, 들은 바로는 아르보 공작가가 이미 나라를 실질적으로 좌지우지할만한 권력을 손에 넣은 것이 명백해 보입니다만, 그 가문이 거기서 무엇을 더 원하는지 모르겠습니다. 괜찮다면 말씀해주셨으면 합니다."

리오가 아르보 공작가의 목적을 떠봤다.

"유그노 공작이 합리적인 야심가라면 아르보 공작은 만족을 모르는 야심가입니다. 일정한 실익을 잡으면 명예까지는 바라지 않는 유그노 공작에 비해 아르보 공작은 명예도, 실익도, 전부를 원합니다. 여기까지 말하면 아시겠지요?"

크리스티나가 리오의 얼굴을 가만히 바라봤다.

"……아르보 공작이 왕위를 원한다는 말씀입니까?"

리오가 잠깐 생각하고 대답했다.

"그렇습니다."

크리스티나가 바로 고개를 긍정했다.

"그러면 아르보 공작에게 고위 왕위계승권을 가진 현 왕족인 여러분이 방해되겠군요."

제2 왕녀 플로라를 옹립하려는 레스토라시온도, 아르보 공작의 눈에는 거슬리기 짝이 없는 조직이었다.

"네. 계속 왕도에 있으면 늦든 이르든 저는 제거됐을 겁니다."

"부, 불경합니다! 그런 부당하기 짝이 없는 만행이 인정될 리가……!"

크리스티나의 불온한 말에 세리아가 당황해서 소리쳤다.

벨트람 왕국 왕위는 세습되며 절대적이었다.

왕위계승권이 높은 이부터 순서대로 다음 왕이 될 자격이 있고, 왕위계승 절대조건으로 국왕의 직계자손이어야 했다. 상위 왕위계승권을 가진 이가 있는데 하위 왕위계승권을 가진 자가 왕위를 잇는 일은 없었다.

현재는 국왕 필립 3세와 정실 베아트리스 사이에 태어난 크리스티나와 플로라가 제1 왕위계승권과 제2 왕위계승권을 가졌고 그 아래로 측실 사이에 생긴 아이들이 이름을 올렸다.

아르보 공작의 막내딸도 측실 중 한 명으로 필립 3세와 결혼했는데, 그 사이에 태어난 아이 로리스의 계승순위는 조금 낮았다.

"가능합니다. 정당성은 용사 루이가 줍니다. 용사는 육현신의 사도, 왕권을 뒷받침하는 권위와 정당성을 뭉쳐놓았다고도 할 수 있으니까요. 기존 왕위계승권을 뒤집고 자신의 손녀를 다음 왕으로 삼는 것도 절대 불가능하지는 않습니다. 그래서 아르보 공작가는 탐욕스러울 정도로 국내 영향력을 키우고 있습니다. 그 정당성에 이의를 제기하는 자가 없도록."

"……."

세리아는 자기도 모르게 숨을 삼켰다.

"다만, 그자에게는 불운하게도 용사 루이가 마음에 품은 사람이 함께 소환됐습니다. 손녀 로리스를 정실로 들이도록 가까워지게 하고 있지만, 공을 세우지 못하고 고생하더군요. 그리고 세리아 선생님이 납치되셔서 공적인 자리에서 얼굴에 먹칠을 해 영향력에 다소 흠집이 났습니다. 덕분에 저도 예전보다 움직이기 편해졌으니 탈출을 결심해 주신 세리아 선생님과 도움을 주신 아마카와 경에게 감사해야겠군요."

크리스티나가 훗 미소 지었다.

"그건 그렇고 아마카와 경. 몇 가지 여쭤 봐도 되겠습니까?"

그리고 리오를 보며 물었다.

"네. 제가 대답할 수 있는 것이라면."

리오가 어깨를 으쓱하며 수긍했다.

"감사합니다. 그러면 당신과 세리아 선생님의 관계를 물어도 되겠습니까?"

"세리아 님은 제 은인……이시죠."

세리아와의 관계는 다양하게 표현할 수 있지만, 지금은 그렇게 설명하는 게 좋아보였다.

　"은인이라……. 참고로 이곳에는 어떻게 몰래 들어오셨습니까? 바깥 경비가 상당히 엄중할 텐데요."

　크리스티나가 눈을 가늘게 떴다.

　"말씀하신 그대로 그냥 몰래 들어왔습니다."

　리오가 시원하게 대답했다.

　"몰래 들어올 수가, 있습니까?"

　크리스티나가 못 믿겠다는 듯이 리오를 쳐다봤다.

　"네. 세리아 님 한 명만 데리고요. 여기서 나갈 수도 있어요."

　"우리는 여기서 나가고 싶어도 나갈 수 없는데 참 아무렇지 않게 말씀하시는군요."

　크리스티나가 참지 못하고 메마른 미소를 지었다.

　"그, 수색대가 크레이아를 포위한 것을 보니 공주님의 발자취를 거의 파악한 모양이죠?"

　세리아가 질문을 던졌다.

　"아마도요. 우리를 비밀리에 성에서 데려가는 바람에 크렐 백작에게 반역 혐의가 씌워졌습니다."

　크리스티나가 미안한지 어두운 표정으로 고개를 끄덕였다.

　"공주님의 도망은 아버지가 주도했나요?"

　"국왕인 제 아버지가 의뢰했고 크렐 백작이 인도했습니다. 왕도를 떠나 여기까지 온 것은 좋았으나 크렐 백작에게 혐의가 씌워지고 추적자가 따라붙었습니다. 꼼짝할 수 없어서 이 지하실에 숨은 게 며칠 전입니다."

크리스티나가 현재 상황에 이르기까지의 경위를 상세히 설명했다.

"……상황을 이해했어요. 이 지하실도 안전하다고 할 수 없겠네요."

세리아가 심각한 표정을 지었다.

"네. 백작이 시치미를 잘 떼고 있으나 의심이 깊은지 기다리다 지쳐 억지로 수색해도 이상하지 않습니다. 그래서 이곳을 나갈 방법이 없을까 밑져야 본전으로 획책하던 중에……."

"그때 저희가 온 거군요."

"그렇습니다."

크리스티나가 고개를 끄덕이고 리오를 쳐다봤다.

"아마카와 경. 뻔뻔하고 어려운 부탁이라는 거 매우 잘 알지만, 이 궁지에서 벗어나기 위해 당신의 힘을 빌려주시겠습니까? 만약 이 궁지를 벗어나면 제가 할 수 있는 범위에서 최대한의 예를 갖추겠다고 맹세하겠습니다."

그리고 깊게 머리를 숙였다.

"……구체적으로 무엇을 하라는 말씀이시죠?"

"이 저택과 크레이아를 벗어나 로다니아까지 호송을 부탁드립니다."

"이동수단은 육로. 걸어서 가시는 거죠? 호위할 대상은 전하와 바네사 씨, 그리고 다른 방에 있는 레이 씨와 코우타 씨."

리오가 흥정하지 않고 조건을 확인했다.

"네."

"최단 루트로 가도 레스토라시온 세력권까지 2주는 걸리겠군요. 아르보 공작도 전하가 레스토라시온으로 가시리라 예상할 테니 관문 같은 곳에서는 길을 우회해야 합니다. 연보라색인 전하의 머리카락과 다른 방에 있는 두 소년의 흑발도 눈에 띄고 각 도시에 수색 인원이 있을 수도 있으니 이 인원으로 이동하기는 제법 난이도가 높겠군요……."

그보다 보통은 이 저택에서 탈출하는 단계에 막혔다. 그래서 크리스티나는 꼼짝 못하고 이 지하실에 숨어있었다.

"……네."

크리스티나가 어두운 얼굴로 고개를 끄덕였다.

"알겠습니다. 제가 제시한 조건으로 계약해주시면 그 의뢰를 받겠습니다."

그러나 리오는 입가에 손을 대고 무언가를 생각하더니 이내 그렇게 말했다.

"……정말로요?"

크리스티나의 눈에 희망의 빛이 감돌았다.

"네. 제가 거절해도 세리아 님이 받아들이실 테니까요. 이 상황에 자국의 왕녀이신 당신을 못 본 척할 수 있는 사람이 아니거든요."

리오가 키득 웃으며 세리아를 봤다.

"아, 으음……."

지금까지 입을 다물고 아무 말 하지 않던 세리아가 마음속을 들켰는지 민망한 표정을 지었다.

"……그렇군요. 아마카와 경이 제시할 조건은 뭡니까?"

크리스티나가 살짝 웃으며 리오가 말한 조건을 물었다.

"사소한 건 차치하고, 하나만 지켜주세요. 앞으로 가령 세리아 님이 귀족으로 귀국에 복귀하면 크리스티나 왕녀님이 뒷배가 되어주시는 겁니다. 결혼식에서 사라진 책임을 묻지 않는 것은 물론, 귀찮은 일이 생기면 그때마다 교섭 같은 걸 해주셨으면 합니다."

리오가 제1 왕녀인 크리스티나에게 세리아가 귀족으로 복귀할 준비를 맡겼다.

"세리아 선생님은 인재입니다. 그런 것은 말씀하지 않아도 기꺼이 하겠습니다만……."

그 정도로 괜찮으냐며 크리스티나가 눈을 깜빡였다.

"자, 잠깐만, 무슨 소리를 하는 거야?!"

세리아가 당황해서 리오에게 말했다.

"귀족으로 복귀할지, 안 할지는 세리아 님의 자유지만, 선택지는 좋을수록 좋잖아요?"

리오가 짓궂게 웃었다.

"으…… 하아, 정말……. 고마워."

세리아는 말문이 막혀 고개를 숙이고 부끄러워하며 감사를 표했다.

그때, 거실 밖에서 무언가가 움직이는 소리가 들렸다. 그리고 딸랑딸랑 초인종 소리가 들렸다.

"크렐 백작이 내려온 모양입니다."

바네사가 바로 일어나 거실 문을 열었다.

"오오, 거실에 계셨습니까. 크리스티나 왕녀 전하도 계셨군요. 마침 잘됐습니다. 시간이 별로 없으니 짧게 상황을 보고하지요. 음? 거기 있는 건 누구……?"

크렐 백작으로 보이는 댄디한 중년의 목소리가 들렸다. 문 밖으로 크리스티나가 보였는지 성큼성큼 안으로 들어왔다. 그러나 크리스티나 맞은편에 앉은 리오와 세리아를 발견하고 우뚝 멈췄다.

"아하하. 오랜만에 뵈어요, 아버님. 앗, 그렇지……."

세리아가 조금 겸연쩍어하며 친아버지에게 인사했다. 머리카락 색이 바뀐 것을 깨닫고 마도구를 벗어 원래 색으로 돌아왔다. 세리아의 아버지인 로랑 크렐은 그 광경을 넋이 나가 응시하다가…….

"세……세리아?! 우리 아가가 어떻게 이곳에?!"

얼빠진 소리를 질렀다.

정령환상기

◀ 막간 ▶ ✽ 추적자들

시간을 거슬러 올라 리오와 세리아가 낮에 크레이아에 들러 도시를 돌아다닐 무렵. 크렐 백작저 부지 안에 있는 영빈관.

수십 명의 남자가 복도를 걸었다. 선두에 선 남자는 예전에 세리아의 약혼자였던 샤를 아르보, 그 뒤에는 벨트람 왕국 최강의 기사로 알려진 왕의 검 알프레드 에마르와 용사 시게쿠라 루이가 있었다. 그 뒤로는 샤를의 부하 기사들이 있었다.

"크리스티나 왕녀는 아직 찾지 못했니?!"

샤를이 관에 설치한 크리스티나 수색대 본부가 있는 방문을 열어젖히고 안에 있는 사람들에게 짜증내며 물었다.

"아, 아니, 샤, 샤를 님! 그 먼 왕도에서 직접 오셨습니까? 마중도 하지 못해 실례했습니다!"

책상에 앉아 서류를 노려보던 수색 책임자 기사가 황급히 일어나 경례했다.

"됐다. 그보다 크리스티나 왕녀는?"

"네, 네! 수색 중입니다만, 아직 발견하지 못했습니다!"

"제대로 찾고 있는 거겠지?"

"무, 물론입니다!"

"크렐 백작은?"

"모르쇠로 일관하고 있습니다. 감시를 붙여 자택에 감금했는데 아직까지 수상한 움직임은 없습니다. 정말로……크리스티나 왕녀님이 이곳에 계십니까?"

"있다. 왕도에서 레스토라시온 본거지가 있는 로다니아로 가는 루트 중 크리스티나 왕녀에게 협력할 기개가 있는 친왕파 귀족은 크렐 백작밖에 없어. 왕녀 실종 타이밍에 왕도를 떠난 친왕파 귀족도 크렐 백작뿐이다."

샤를이 짜증내며 단언했다.

"하지만 그렇다 해도 이미 이 도시를 떠났을 가능성도……."

"그래서 주변 길과 도시에 인원을 배치했다. 만약 도시를 떠났더라도 크렐 백작이 주도했다는 증거는 반드시 잡아내야 해."

"하지만 어쩌면 크렐 백작이 정말 관여하지 않았을 가능성도……."

"……바보냐?"

샤를이 수색대장에게 성큼성큼 다가갔다.

"왕도에서 제1 왕녀가 실종됐다. 이 책임을 누가 질 거지? 으응? 네가 질 거냐? 네가 주모자가 될 거냐?"

샤를이 귓가에 속삭였다.

"……아, 아뇨."

수색 책임자가 쭈뼛쭈뼛 고개를 저었다.

"그러면 내일에라도 도시 안의 모든 목수를 모아서 이 저택에 데려와."

샤를이 갑자기 그런 말을 했다.

"……네?"

왜 목수를 불러야 하는지 이유를 몰라 수색 책임자가 당황했다.

"크렐 백작을 협박할 재료로 이용할 거다. 됐으니까 불러. 백작에게는 내가 말해두지."

샤를이 씩 입꼬리를 일그러뜨렸다.

"네, 네! 알겠습니다!"

"좋은 대답이다. 기뻐해라. 수색대에 믿음직한 협력자도 있어. 우리나라에 소환된 용사 루이 시게쿠라 님과 왕의 검 알프레드다. 루이 님의 손을 빌리는 것은 몹시 마음 아프지만……"

샤를이 뒤를 돌아보며 루이와 알프레드를 소개했다. 그리고 루이의 도움을 받는 것을 한탄하고 이마를 짚었다.

"제 친구와 선배도 사라졌으니까요. 당연히 협력해야죠. 잘 부탁드립니다."

루이가 생긋 웃으며 수색 책임자에게 인사했다.

"여, 영광입니다!"

수색 책임자가 긴장하며 경례했다.

"루이 님은 알프레드와 2인 1조로 수색에 참여해주십시오. 필요하시면 실력 좋은 애들을 데려다 쓰셔도 됩니다."

"네, 맡겨주세요."

루이가 느긋하게 고개를 끄덕였다.

"알프레드, 목숨을 바쳐서라도 루이 님을 지켜라. 네 동생도 가담한 책임을 져야지."

샤를이 눈을 가늘게 뜨고 알프레드를 위협했다.

"……알았다."

알프레드가 조용히 고개를 끄덕였다. 그때, 누군가 수색 본부실 문을 두드렸다.

"누구냐? 들어와."

샤를이 문을 돌아보며 말하자 경비병이 들어왔다. 인사하고 용건을 전달하고자 입을 열었다.

"샤를 님의 옛 친구라는 쟝 베르나르라는 분이 오셨는데 아는 분이십니까?"

"……쟝 베르나르? 뭐야? 왜……? 아, 아니, 바로 응접실로 안내해라. 실수 없이. 나도 곧 가지."

샤를이 명령하자 기사가 "네." 하며 경례하고 빠르게 방을 나갔다.

"누구야? 처음 듣는 이름인데."

알프레드가 방문자의 정체를 물었다.

"너도 들었잖아. 전부터 알던 친구다."

"지금이 옛 친구 만날 땐가? 이 도시에 막 도착한 네가 여기 있는 줄 어떻게 알았지?"

"우연히 이 도시에 왔다가 영빈관에 가는 걸 봤겠지. 기다리게 하면 안 되니 난 간다. 루이 님, 저는 이만 물러나겠습니다."

샤를이 서둘러 발을 돌려 방을 나갔다.

◇ ◇ ◇

샤를이 급히 응접실로 가서 쟝 베르나르 또는 레이스가
오기를 기다렸다.

"쟝 베르나르 님입니다."

"모셔라. 아무도 방에 들이지 마."

기다린 지 1분도 지나지 않아 레이스가 방에 들어왔다.

"아니, 이거, 샤를 님. 얼마 전에 연회에서 뵈었는데 별
일 없으시죠?"

레이스가 아첨하듯 웃으며 공손하게 인사했다.

"……지금은 베르나르 경이라고 불러야 하나? 레이스
공. 내가 이 도시에 있는 걸 어떻게 알았나?"

샤를이 레이스가 이곳에 있는 경위와 진의를 물었다.

"그것이, 조금 신경 쓰이는 사람을 추적하던 중에 이곳
에 들렀는데 분위기가 삼엄하지 않겠습니까? 그러다 우연
히 당신을 발견해서 일단 인사를 드리려 했죠. 쟝 베르나
르라는 이름을 댄 것은 프로키시아 제국 대사가 이곳에 온
게 되면 소란이 벌어질 테니 괜한 오해를 살까 봐서요."

레이스가 의미심장하게 말하고 미소 지었다.

"그랬군. 우연이란 그런 것이지. 환영하고 싶은 마음은
굴뚝같지만, 보는 대로 지금은 경황이 없어서 말일세."

유감인지 샤를의 얼굴이 어두워졌다.

"우리 사이 아닙니까. 곤란하신 일이 있으면 돕지요. 무슨 일 있습니까?"

레이스가 걱정하는 얼굴로 말했다.

"실은……. 아니, 중죄인이 이 도시에 숨은 것 같아 수색 중이네."

샤를이 사정을 자세히 설명하려다가 막연하게 설명하는 데 그쳤다. 성에서 감시하던 왕녀가 도망쳤다는 이야기는 아무리 마음을 튼 상대라고는 하나 다른 나라 사람에게 가르쳐주기 망설여졌다.

"호오, 그것 참 무서운 이야기네요. 샤를 님이 직접 움직이신 걸 보면 대역죄인인가보죠?"

"뭐, 흉악하지는 않지만, 교활하네."

샤를이 크리스티나를 떠올리며 말했다.

"그렇군요……. 뭐, 타국 사정에 너무 간섭하면 안 되겠죠. 샤를 님의 직무를 방해해도 안 되니 저는 그만 물러가겠습니다."

레이스가 분위기를 아주 잘 파악한 것처럼 말했다.

"미안하네. 나는 지금부터 크렐 백작을 만나야 하거든. 이곳에 머물 거면 객실을 준비하라 하겠네."

"아뇨, 숙소는 잡아놨으니 신경 쓰지 마세요."

레이스는 자리에서 일어났다.

"그런가……. 제대로 대접도 못하고, 정말 미안하네. 또 기회가 있으면 느긋하게 대화나 나누지."

"네, 기꺼이요. 그럼 이만."

레이스는 공허한 미소를 지으며 고개를 끄덕이고 방을
나갔다.

정령환상기

〖 제 6 장 〗 ✳ 탈출

"세……세리아?! 우리 아가가 어떻게 이곳에?!"

청천벽력. 세리아의 아버지 로랑 크렐이 자택 비밀 지하실에 있던 세리아를 보고 소리쳤다.

'아, 아가?'

순간, 리오는 자기 귀를 의심했다.

"아버님, 아가라고 하지 마세요……."

세리아가 쓴웃음 지으며 로랑에게 말했다. 로랑은 양팔을 펼치고 다가가 세리아를 끌어안았다.

"자, 잘 있었니? 세리아가 결혼식장에서 사라진 후, 이 지하실에 세리아의 글씨로 적힌 편지를 발견했을 때는 무사하단 말에 환희했지만, 몹시 걱정했단다."

"죄송합니다. 아무 말도 없이 그런 짓을 저질러서……."

"아니, 잘했다. 그런 망할 놈에게 세리아를 주느니 평생 독신으로 살아!"

로랑이 힘차게 말했다. 세리아는 아버지에게 무척 사랑받는 모양이었다. 로랑은 왜소하지만, 위엄과 패기가 느껴지는 탱탱한 나이스 미들이었다. 그런데 지금은 칠칠맞은 표정을 짓고 있었다.

"아버님, 다른 분들이 계시니 언행이라든가 이것저것 좀 자중하세요."

세리아가 얼굴을 씰룩이며 아버지에게 말했다.

"음, 그, 그렇지. 으으음. 공주님께 말씀드려야 하는 정보도 있고……."

로랑이 괴로운 표정을 지었다. 세리아가 성을 떠나고 어떻게 지냈는지, 왜 이곳에 있는지 궁금한 게 산더미 같았다.

"시간이 촉박하지 않다면 세리아 선생님과 먼저 말씀 나누시죠. 부녀가 모처럼 다시 만나지 않았습니까."

크리스티나가 로랑의 심정을 헤아려 말했다.

"……아뇨, 공주님께 보고 드리는 게 먼저입니다."

망설임 끝에 로랑이 결단을 내렸다. 그만큼 긴급사태인 모양이었다. 크리스티나가 조금 긴장했다.

"알겠습니다. 그다지 좋은 정보는 아닌 것 같지만, 말씀하시지요."

"네. 그것이, 왕도에서 추가로 수색대가 왔는데 그 책임자가, 그, 샤를 아르보입니다. 의심 많고 수단을 가리지 않는 비열한 남자 말입니다. 역시 저택을 제일 수상하게 여기는지 비밀 방이 있나 도시에 있는 목수를 불러 내일부터라도 제 저택을 해체하겠다고 했습니다. 제가 거절하지 못하도록 손수 폐하가 발부하신 압류 영장까지 준비했습니다. 이제 한시의 여유도 없습니다."

로랑이 세리아를 보며 심각한 표정으로 설명했다. 샤를이 근처에 있다는 말을 듣고 세리아가 괴로운 표정을 지었다.

"……아마카와 경. 오늘 밤에라도 탈출할 수 있겠습니까?"

크리스티나가 리오를 보며 매달리듯이 물었다.

"가능합니다. 오히려 탈출하려면 오늘 밤밖에 없습니다."

리오가 대답했다.

"……공주님, 이 소년은?"

로랑이 리오를 보고 고개를 갸웃거렸다.

"이 분은 얼마 전 가르아크 왕국의 명예기사가 된 하루토 아마카와 경입니다."

"명예기사? 이렇게 젊은데 말입니까? 그런데 왜 가르아크 왕국의 귀족이 이곳에……."

"세리아 선생님을 이 지하실로 데려온 사람이 아마카와 경이기 때문입니다."

크리스티나가 리오의 정체를 로랑에게 가르쳐줬다.

"아, 아니, 저 지상에 깔린 경비를 대체 어떻게……. 아니, 잠깐. 세리아를 자네가 데려왔다면 혹시……?"

로랑이 놀라서 리오를 봤다.

"세리아 님을 결혼식장에서 데려간 것도 접니다."

리오가 직접 사실을 고했다.

"뭐, 뭐라…… 음, 으음."

로랑이 리오의 얼굴을 물끄러미 보며 끙끙댔다.

"아버님, 저번에 지하실에 남긴 편지에 쓴 대로 결혼식장에서 도망치기로 한 것은 저예요. 하루토는 제 부탁을 들어줬을 뿐입니다."

세리아가 이번에도 식장에서 도망친 건 자기 뜻이며 리

오는 책임이 없다고 강조했다.

"······안다. 자네가 우리 세리아를 구해줬군. 하루토 아마카와 경. 먼저 감사를 표하겠네. 감사하네."

로랑이 오른손을 가슴에 올리고 정중하게 머리를 숙였다.

"아뇨, 원하지 않는 결혼을 해도 좋으냐고 부추겼으니 제가 등을 떠밀었습니다. 걱정을 끼쳐드려 죄송합니다."

리오가 사과하며 따라서 머리를 숙였다.

"아니, 납치 직후에는 죽을 만큼 걱정했지만, 샤를과 결혼하지 않고 끝났지 않나. 화구마법 한 방이면 됐네."

로랑이 무척 상쾌한 미소를 지으며 아무렇지 않게 말했다.

"아버님! 오해하지 마세요. 성을 탈출하겠다고 결심한 건 저예요. 그 책임은 하루토가 아니라 제게 있어요. 책망하실 거면 저한테 하세요. 제가 잘못한 거예요!"

세리아가 입을 내밀고 주장했다.

"아니, 우리 아가는 잘못 없어!"

로랑도 주장했다.

"그러면 하루토도 잘못하지 않은 거죠?"

"그렇고말고!"

세리아가 확인하자 로랑이 활짝 웃으며 고개를 끄덕였다.

"그러면 아마카와 경의 용의가 풀렸으니 탈출 방법을 생각해볼까요? 계획은 아마카와 경에게 떠맡겨야 하지만······."

크리스티나가 키득 웃으며 제안했다.

"우선 지하실에서 어떻게 지상으로 나갈지 보죠. 한 번에 다 같이 나가는 건 안 하는 게 낫습니다. 인원이 많아서 너무 눈에 띄어요. 도시 내부라면 몰라도 부지 내에서 전하가 목격되면 이곳에 숨어있었다는 게 들통 납니다. 크렐 백작님도 변명의 여지가 없겠죠?"

리오가 로랑을 보며 말했다.

"흠……. 뭐, 도시 내부에서 발각돼도 아슬아슬하지만, 부지 내에서 발각되는 것보다는 변명의 여지가 있지."

로랑이 생각에 잠긴 얼굴로 말했다.

"들킬 위험성은 적지만, 제가 한명씩 데리고 가는 것도 솔직히 피하고 싶습니다. 드나드는 횟수가 늘면 위험성도 늘고 만약 한번은 들켜도 도망칠 수 있겠지만, 다시 잠입하기 어려워서 남은 사람들을 두고 가야 할지도 몰라요."

"그러면 대체 어떻게……?"

크리스티나가 물었다. 달리 어떤 방법이 있다는 거지?

"이런 상황에는 저 혼자 저택 지하에서 탈출해 밖에 큰 소동을 일으켜 미끼가 되는 게 가장 위험성이 낮아요. 저택 사람들을 끌어들여서 경비가 허술해진 틈에 여러분이 지하에서 탈출하는 건 어떨까요? 탈출할 때는 사람 수에 맞춰 머리카락 색을 바꾸는 마도구를 빌려드릴 테니 착용하세요."

리오가 가장 무난한 계획을 제안했다. 저택 부지 안에 있는 인원이 너무 많아서 탈출이 어렵다면 그 인원을 줄이면 되는 일이었다.

"……괜찮겠습니까? 아마카와 경의 부담이 큽니다만."

크리스티나가 살짝 숨을 삼키고 물었다. 현재 도시의 삼엄함을 생각하면 자살행위나 다름없었다.

"네. 벨트람 왕국의 왕도 결혼식장에서 세리아 님을 납치할 때의 경비 상황에 비하면 별거 아닙니다."

리오가 매우 차분하게 대답했다.

"큭, 하핫. 이런, 실례했네. 보통은 버리는 말이 맡을 역할이라고 타이를 텐데, 설득력이 대단해서 말이야."

로랑이 즐겁게 웃으며 말했다.

"영광입니다. 다만, 도시 경비원과 도시 가옥에 조금 피해를 줄 지도 모릅니다만……."

"괜찮네. 도시에 피해 좀 줘도 눈감아주겠네. 되도록 영주민에게는 피해를 주지 않았으면 좋겠군."

"알겠습니다. 전투원 외에 피해는 생기지 않도록 신경 쓰겠습니다. 그러면 나가자마자 싸우지 않게 계획을 좀 더 짜볼까요? 대강이어도 좋으니 도시 지도가 있으면 좋겠습니다."

"내 머릿속에 있네. 종이에 그려주지."

로랑이 말했다. 역시 영주였다.

"부탁드립니다."

「아이시아, 부탁이 있어.」

리오가 영체화해서 동행한 아이시아에게 은밀히 말을 걸었다.

◇ ◇ ◇

그로부터 30분 동안 탈출 계획을 정리했다.

"……아버님, 저는 공주님을 모시고 갈게요."

"그래, 조심하렴. 하루토 군 같은 숙련자가 있으니 걱정할 필요는 없겠지만."

세리아와 로랑이 부녀간에 작별 인사를 나누었다.

"네. 성을 떠난 뒤로는 하루토 덕분에 평온하고 무척 즐거운 시간을 보냈어요. 그래서 마음 한구석에서 계속 고민했어요. 아버님께 걱정 끼치고 저 혼자 이렇게 행복해도 되는 건지……. 그 고민의 답을 찾으려고 하루토에게 억지를 써서 이렇게 지하실에 온 거예요. 덕분에 또 하루토에게 폐를 끼쳤지만요."

"그랬구나……. 이번 사태를 잘 넘기면 너와 함께 그 사람과 이야기를 나눠보고 싶구나. 감사할 게 아주 많아."

죄송해하며 말하는 세리아를 보고 로랑이 부드러운 표정을 지었다.

"네. 탈출 전에 하루토와 잠깐 이야기 좀 하고 올게요."

"그래, 다녀오렴."

세리아가 로랑의 배웅을 받으며 리오 곁으로 갔다.

"하루토."

"세리아 님, 왜 그러세요?"

"저기, 존칭을 붙이면 이상하니까 그냥 편하게 불러."

세리아가 난감한 얼굴로 말했다.

"미혼 귀족 여성을 남들 앞에서 편하게 부르는 건 아닌 것 같아서요."

리오가 말했다. 선생님이라고 부를 수는 없어서 존칭을 붙였다.

"……됐어. 그보다 미안해. 나 때문에, 정신 차리고 보니 또 네게 부담을 줘버렸어."

세리아가 미안해하며 얼굴을 찌푸렸다.

"아니에요. 은혜를 갚으려고 제가 좋아서 하는 거예요."

리오가 미소 지으며 고개를 가로저었다.

"그렇게 말해주니 정말 영광인데……. 하지만 내가 네게 해준 건 미미한 거잖아? 내가 은혜를 갚아야할 정도로 많은 일을 해줬어. 그러니까 고마워. 항상, 매번."

세리아가 미안해하며 감사를 표했다.

"아뇨, 저야말로."

리오는 세리아에게 부드럽게 미소 지었다.

「하루토, 준비됐어. 언제든지 출발해.」

그때, 머릿속에 아이시아의 목소리가 들렸다.

「알았어. 준비되면 연락할 테니까 시작해줘.」

「응.」

리오가 아이시아에게 짧게 지시를 내렸다.

"너무 여유부리면 동이 틀 테니 슬슬 가죠." "……응."

두 사람은 정원으로 이어지는 통로로 걸어갔다. 그곳에는 크리스티나와 바네사와 로랑 말고도 레이와 코우타가 있었다.

"잘 부탁드립니다, 아마카와 경."

크리스티나가 머리를 숙였다. 바네사와 레이, 코우타도 따라서 머리를 숙였다.

"네. 계획대로 움직여주시면 됩니다. 호위 부탁드리겠습니다, 바네사 씨."

리오가 바네사를 보며 말했다.

"응. 그쪽만큼은 아니지만, 최선을 다하지."

바네사가 정중하게 고개를 끄덕였다.

"아마카와 경…… 아니, 하루토 군."

로랑이 차분한 얼굴로 리오에게 말을 걸었다.

"네, 무슨 일이십니까?"

리오가 조금 긴장하며 대답했다.

"자네를 남자로 보고 하는 말이네. 세리아를…… 지켜주게나. 부탁하네."

로랑이 리오에게 깊이 머리를 숙였다.

"굳이 말씀하실 것도 없습니다."

리오가 웃고 힘차게 고개를 끄덕였다. 매우 당연한 일이라 말할 것도 없었다. 그래도 세리아의 아버지인 로랑이 부탁하니 솔직히 기뻤다.

"……그래. 그럼 이걸 받아주게."

로랑이 묵직한 작은 꾸러미를 건넸다.

"이게 뭐죠?"

"노잣돈이네. 가는 길에 뭘 사야할지도 모르잖나? 나머지는 자네 보수라 생각하고 받게나. 이번 일에 적합한 대가는 아니지만, 그건 살아서 나중에 다시 만나면 주겠네."

"아뇨, 그건…… 받을 수 없습니다."

로랑이 미안해하며 말하자 리오가 난처한 얼굴로 받기를 거부했다.

"괜찮으니 받게나. 하다못해 여행비용 정도는 부담하게 해주게."

로랑이 반쯤 억지로 리오의 손에 꾸러미를 쥐어줬다.

"……남은 몫은 세리이 님께 드리겠습니다."

"훗, 자네도 참 완고하구만. 요즘 젊은이치고는 장래가 촉망되는군. 술이라도 마시고 싶지만, 시간이 없구만. 잘 가게."

"네. 실례했습니다. 그럼 이만……."

리오는 저택 정원으로 통하는 계단을 올랐다. 천장 비밀 문을 살짝 열어 정령술로 주위를 탐색했다. 근처에 사람이 없는 것을 확인하고 문을 활짝 열어 재빠르게 밖으로 나갔다.

정원을 순찰하는 병사들 사이를 누비듯이 순식간에 이동해 곡예사처럼 우뚝 솟은 저택 담을 뛰어넘었다.

크렐 백작저와 떨어진 도시 상공으로 한 발의 섬광이 폭발 소리를 내며 쏘아 올라간 것은 몇 분도 지나지 않아서였다.

◇ ◇ ◇

크레이아의 어느 광장.

어둠에 휩싸여 인기척 없는 광장에 갑자기 폭발소리가 들리더니 광장 상공으로 한 발의 섬광이 발사돼 도시 일대가 대낮처럼 밝아졌다.

"무슨 일이야?!"

십여 초도 지나지 않아 근처에서 도시를 순찰하던 국군 병사들이 광장으로 달려왔다.

"저쪽에 넷, 누군가 있습니다!"

"뭐?"

광장에서 발견한 인영에 이목이 쏠렸다. 상공에 빛나는 섬광탄이 비추어서 잘 보였다.

분명 그곳에는 병사들이 찾던 인물. 즉, 크리스티나와 바네사와 비슷한 두 여자가 있었다. 다른 두 사람은 후드로 얼굴과 전신을 숨겨서 성별도 알 수 없었다.

"연보라색 머리카락……. 크리스티나 왕녀님입니다!"

"다른 사람은 검을 갖고 있다. 호위기사 바네사 에마르다!"

병사들이 놀라서 소리쳤다.

"왜, 왜 저런 곳에, 당당히……."

그중에는 당황한 자도 있었다.

"머, 멈춰! 아, 아니, 멈추십시오!"

4인조가 갑자기 아직 병사가 없는 길을 골라 광장 밖으로 도망쳤다. 병사들이 불러 세웠으나 멈출 리가 없었다.

상공에 발사된 섬광탄의 빛이 급속히 약해지더니 사라졌다. 주위에 다시 어둠이 내렸다.

"지, 지원! 본부에 지원 요청! 도시 관문에도 알려!"

"네, 네!"

연배 있는 병사가 놀라서 지시를 내리자 젊은 병사들이 허둥지둥 움직였다. 그 모습을 광장 밖으로 도망친 4인조가 언제 올라갔는지 집 위에서 바라봤다.

「아이시아, 신호할 때까지 적당히 모습을 보여주면서 도시에 있는 병사를 북쪽 블록으로 유도해줘.」

4인조 중 한 명, 언보라색 머리카락을 가진 여자의 머릿속에 리오의 목소리가 들렸다. 소녀의 정체는 아이시아, 연보라색 머리카락은 정령술로 일시적으로 색을 바꿨다.

「알았어.」

"가자."

아이시아가 무기질적인 목소리로 대답하고 다른 세 사람을 둘러본 뒤, 지상 통로로 뛰어내렸다.

몇 분 뒤.

"뭣, 평민거리 광장에 크리스티나 왕녀가 목격됐다고?!"

귀족거리에 있는 크렐 백작저 부지에 있는 영빈관에서 자던 샤를이 예상치 못한 보고에 당황해 일어나 잠옷 차림으로 보고를 받았다.

"네, 네! 빛나는 구로 갑자기 하늘이 밝아지더니 광장으로 달려간 병사들이 4인조를 목격했습니다. 현재는 북문으로 도주 중입니다."

보고하러 온 병사가 황급히 설명했다.

"크, 크렐 백작은?!"

"저택에 계십니다. 이게 무슨 소란이냐고 설명을 요구하십니다."

"뭣, 이게 무슨……!"

샤를이 아연실색해 눈을 번쩍 떴다.

'말도 안 되는 소리를 해서 압박하면 안달이 나서 무슨 짓이든 할 줄 알았는데……. 저택에 숨긴 게 아니었나?! 왜 평민거리에 있지?!'

크리스티나가 평민거리에 숨어있었다면 귀족거리 자택에 감금된 크렐 백작과 연락할 수단이 없었다. 아니, 통신용 마도구가 있으면 가능하지만, 통신용 마도구는 통신 범위 내에서 같은 통신용 마도구를 소지한 모든 사람에게 정보가 전달되기 때문에 은밀한 연락수단으로 쓸 수 없었다.

"어떡할까요? 평민거리는 문 외에는 최소한의 인원만 배치해서 지원 요청이 들어왔습니다."

보고하러 온 병사가 초조하게 지시를 청했다.

"큭, 북쪽이다! 저택과 귀족거리에 있는 인원을 총동원해서 평민거리로 병사를 보내! 구역을 봉쇄해서 절대로 도망치지 못하게 해! 어떻게 해서든 사로잡아라!"

샤를이 고성을 지르듯이 명령했다. 사로잡기만 하면 증언은 얼마든지 뽑아낼 수 있었다. 이대로 도망치면 결정적인 증거가 날아간다.

"알겠습니다!"

병사가 발을 돌려 황급히 지시를 전달하러 방을 나갔다. 그러자 교대하듯이 루이와 알프레드가 나타났다.

"샤를, 대체 무슨 일이냐?"

알프레드가 입을 열자마자 보고를 요구했다.

"부, 북쪽이다! 북쪽 블록에 크리스티나 왕녀가 있어! 4인조를 목격했다는 증언이 나왔다! 너도 빨리 가! 절대로 놓치지 마! 나도 옷을 갈아입고 부하를 데리고 갈 테니까!"

샤를이 알프레드에게 명령했다.

"가죠!"

루이가 얼른 몸을 돌려 밖으로 달려갔다. 알프레드는 탄식하고 루이 뒤를 쫓아 도시 북쪽 블록으로 향했다.

한편, 그 무렵. 도시 평민거리. 성벽 내부 북쪽 블록. 신체강화한 리오가 줄지은 건물 위를 날듯이 달렸다.

"서둘러! 아직 멀리가지 못했을 거다. 북문으로 도망칠지도 몰라. 근처를 철저히 수색해라!"

지상 통로로 수많은 병사가 황급히 돌아다녔다. 아이시아 일행의 양동 작전에 낚여 수많은 병사가 북쪽 블록으로 유도됐다.

리오는 2인 1조로 움직이는 병사를 발견하고 힘차게 도약했다. 바람의 정령술을 교묘하게 조종해 착지소리를 죽였다. 그리고 병사에게 들키기 전에 먼저 공격했다.

"크억!"

"악!"

두 병사가 순식간에 혼절해 통로에 쓰러졌다. 근처에는 그들이 장비한 철제 경봉이 굴러다녔다.

리오가 굴러다니는 경봉을 발견해 오른손에 들었다. 경봉을 쥐어보고 적당히 휘둘러 몸에 익혔다. 경봉이 어느 정도 익숙해지자 다시 도약해 옥상 위로 모습을 숨겼다.

그 후, 소수로 움직이던 병사들을 몇 군데에서 기절시켜 소란을 키우고 북문으로 향했다.

「아이시아, 이제부터 북문 문지기를 쓰러뜨리고 문을 열게. 그러면 적당히 남의 눈에 띄면서 북문으로 탈출해. 그러면 그쪽 일은 끝이야.」

근처에 있을 아이시아에게 지시했다.

「알았어.」

아이시아의 대답이 바로 돌아왔다. 북문으로 탈출할까

경계하는지 문 앞에 예상대로 많은 병사가 경비를 서고 있었다.

「이제 문을 공격할게.」

리오가 문 근처에 있는 병사 열 명을 응시하며 선언하고 어떤 망설임도 보이지 않고 문으로 달리며 오른손을 권총처럼 들었다.

그 순간, 리오의 손가락에서 광탄마법을 모방한 빛의 마력탄이 발사됐다. 탄환은 전부 빨려 들어가듯이 병사들의 몸에 박혔다.

"크악!" "앗?!" "억!" "윽…….."

어둠속에서 갑자기 날아온 빛의 탄을 피하지도 못하고 병사들이 차례대로 신음하며 날아갔다.

"어, 어……?"

무슨 일이 일어났는지 이해하지 못한 병사가 주위를 두리번거렸다.

"으어." "흡." "앗." "아악!" "끄윽."

리오가 마지막 병사에게 도착할 때까지 발사한 빛의 탄은 아홉 발. 전부 병사 몸에 명중해 날려버렸다.

"히익! 윽…….."

그리고 마지막으로 남은 병사 앞에 나타나 인식과 동시에 재빠르게 손에 든 경봉을 휘둘렀다. 둔탁한 소리와 함께 병사가 바닥에 쓰러졌다.

'문을 여는 장치는 초소에 있나?'

리오는 기절한 병사 열 명을 그곳에 두고 문에 설치된 초소로 갔다. 그리고 자기 집 문을 여는 것처럼 안으로 들어갔다.

안에는 대기하던 병사 하나가 있었지만, 재빠르게 기절시키고 문을 여는 장치를 조작했다. 그러자 잠시 뒤, 큰 소리와 함께 북문이 열리기 시작했다. 문이 열리는 소리를 듣고 주변이 소란스러워졌다.

어디선가 4인조의 인영이 문 앞으로 다가왔다. 그리고 문이 완전히 열리기 직전에 다른 곳에 있던 병사들이 밀어닥쳤다.

"이, 이봐, 문이 열리고 있어!"

"문지기가 쓰러졌어. 근처에 있다! 크리스티나 왕녀님이다!"

병사들이 4인조를 발견하고 황급히 외쳤으나 거의 동시에 북문이 완전히 열리고 4인조는 달렸다. 북문과 남문 밖에는 곡창지대가 펼쳐져있었다. 네 명은 그대로 달려 순식간에 어둠에 녹아 사라졌다.

「이제 됐어, 아이시아. 고마워. 나는 남문으로 갈 거야. 끝나면 연락할게.」

리오는 어느새 문 위에 올라 모습을 감춘 아이시아에게 염화로 메시지를 보냈다. 그 곁에는 기절한 병사 둘이 쓰러져있었다.

「응, 알았어.」

길 수백 미터 앞에서 아이시아가 우뚝 멈췄다. 다른 세 사람도 멈춰 섰다.

"이제 괜찮습니까? 아이시아 님."

허리에 검을 찬 여자가 아이시아에게 물었다.

"응. 우리 일은 끝. 하루토는 남문으로 갔어."

아이시아가 대답했다.

"하아, 긴장했어."

한 명이 후드를 벗으며 말했다. 그 사람의 정체는 오피아였다. 변장용 마도구로 하이엘프의 긴 귀를 숨겼지만, 머리카락 색은 평소와 같았다.

"제법 스릴 있었어요."

다른 사람도 후드를 벗었다. 엘더드워프 아르마였다. 오피아처럼 종족 특징인 귀를 바꿨지만, 머리카락 색은 그대로였다.

"세리아 씨는 남문으로 탈출해서 남쪽으로 가는 척하고 동쪽으로 가죠? 아직 뭐가 있을지 모르니 도시 주위를 빙 둘러서 상황이라도 살펴보고 가지 않겠습니까?"

허리에 검을 찬 여자, 바네사인 척한 사라가 제안했다. 사라는 처음부터 후드를 쓰지 않고 마도구로 은늑대 수인의 귀를 인간 귀로 보이게 변장했고 머리카락 색은 바네사처럼 바꿨다.

"응, 그러자."

아이시아가 고개를 끄덕였다. 네 사람은 만약을 위해 남문으로 갔다.

◇ ◇ ◇

도시 상공에서 일련의 상황을 지켜보는 남자가 있었다. 섬광이 하늘로 발사돼 도시가 소란스러워지고부터 계속 리오 일행을 관찰했다. 그 눈이 마치 어둠을 꿰뚫어보듯이 정확하게 리오 일행이 있는 곳을 포착했다.

"그렇군, 그렇군. 북쪽 길로 가는 척하고 진짜 목표는 경비가 허술해진 남문이었군요. 참으로 훌륭해요."

레이스가 감탄하며 중얼거리고 건물 지붕을 달려 남문으로 가는 리오를 내려다봤다. 남문 근처에는 몰래 이동한 4인조가 있었다. 크리스티나와 세리아 일행이었다.

'음, 도망치는 저 사람이 크리스티나 왕녀라면, 지금 단계에 벨트람 왕국 본국이 더 기울면 귀찮아져요. 하는 수 없죠.'

레이스가 작게 한숨을 내쉬고 지상으로 내려가 북문 근처에 착지해 병사들에게 말을 걸었다.

"저기."

"누구냐?! 수상한 놈이다!"

병사들이 무기를 들고 레이스를 검문했다.

"소란 때문에 깨서 바깥 상황을 보러 왔는데요. 저 말고도 창문으로 구경하는 사람들 있잖아요."

레이스가 주변 건물을 둘러봤다. 분명히 창문으로 바깥 상황을 살피는 사람들이 드문드문 보였다.

"……쳇, 방해된다. 집으로 돌아가."

병사가 혀를 차고 레이스를 쫓아냈다.

"에이, 그런 말씀마세요. 유력한 정보인 것 같아서 온 거니까."

"뭐라고……? 빨리 말해봐."

"네. 뭔가 수상쩍은 4인조가 남쪽으로 몰래 움직이는 걸 봤는데 이번 일과 관련이 있을까 싶네요."

레이스가 씨익 웃었다.

"……4인조라고?"

병사들의 안색이 변했다.

"네. 그래요. 남문으로 가는 큰길을 지나고 있었어요. 볼 일은 이것 뿐이니 실례합니다."

레이스가 서둘러 자리를 떠났다. 그러자 교대하듯이 북문 앞으로 2인조가 달려왔다. 루이와 알프레드였다.

"벨트람 왕국 근위기사단장 알프레드 에마르다. 무슨 일이냐? 누가 상황을 설명해봐."

알프레드가 직접 정체를 밝히고 병사들에게 말을 걸었다. 그렇게 두 사람은 레이스가 직접 남긴 정보를 듣게 됐다.

한편, 세리아 일행은 도시에 큰 소란이 벌어진 동안 크렐 백작저 지하를 나와 담을 넘고 무사히 저택 부지에서 탈출했다.

지금은 남문 근처에서 그늘에 숨어있었다.

"역시 문지기는 있는 것 같지만, 정말 실력이 대단하군요. 설마 이렇게 간단하게 문 근처까지 올 줄이야……."

크리스티나가 남문에 있는 문지기 몇 명을 보며 당혹스럽게 중얼거렸다. 크렐 백작저 부지에서 이곳으로 올 때까지 병사가 거의 보이지 않아서 은신을 잘 못하는 크리스티나 일행도 쉽게 이동했다. 상상 이상으로 순조로워 자기도 모르게 웃음이 나왔다.

"하루토라면 반드시 일을 성사시켜주니까요."

세리아가 자랑스럽게 말했다.

"……그를 신뢰하시는군요."

크리스티나가 호기심을 보이며 물었다.

"신뢰하지 않을 이유가 없어서요."

세리아가 부끄러운지 살짝 웃었다.

'아마카와 경은 정체가 뭐지? 내가 아는 건 최근에 가르아크 왕국의 명예기사가 된 사람이라는 것뿐. 세리아 선생님과 지기인 걸 보니 원래는 귀족이었나……?'

크리스티나는 하루토 아마카와라는 인물에 강한 흥미를 느꼈다. 저만한 실력자가 무명이라니 믿을 수가 없었다. 세리아에게 물어보면 가르쳐줄 수도 있지만, 만난 지 얼마

되지도 않았고 이런 상황에 이것저것 캐묻기는 좀 그랬다.

로다니아까지 가는 동안은 늘 얼굴을 마주할 테고 이야기할 기회는 얼마든지 있었다. 너무 떠들어서 들키면 꼴사나우니 계획대로 리오가 오기를 기다렸다.

"늦어서 죄송합니다."

"……!"

갑자기 뒤에서 목소리가 들렸다. 크리스티나 일행이 몸을 움찔했다. 목소리가 들린 곳을 보니 검은 로브를 입은 리오가 서 있었다.

"전혀 눈치채지 못했습니다. 발놀림이 훌륭하군요. 바네사도 눈치채지 못하다니……."

크리스티나가 감탄하며 말했다. 그러자 바네사가 조금 분한지 표정을 찌푸렸다.

"저 때문에 놀라셨나보군요. 죄송합니다."

리오가 겸연쩍어하며 사과했다.

"아뇨, 든든합니다. 오시자마자 죄송하지만, 저 문을 통과할 방법이 있습니까?"

도시를 에워싼 성벽 높이는 약 10미터. 신체능력 강화마법을 써도 쉽게 뛰어넘을 수 없는 높이라 성벽 밖으로 나가려면 문을 열어야 했다.

그러나 문 앞에는 다섯 명의 문지기가 있었다.

"정면으로 돌파하죠. 북문보다 경비가 허술하니까 금방 끝납니다."

"······그럼 부탁해도 되겠습니까?"

"네, 맡겨주세요."

리오가 고개를 끄덕이고 마치 장이라도 보러가는 것처럼 걸어갔다.

"어······ 아······."

"하루토라면 괜찮아요."

너무 당당해서 크리스티나는 말을 걸지 못했다. 세리아가 괜찮다고 했기에 마른침을 삼키며 상황을 지켜봤다.

그러자 갑자기 리오가 속도를 올려 남문에 접근했다. 크리스티나는 순간적으로 리오를 놓치고 눈을 크게 떴다.

"힉······!"

리오는 접근과 동시에 병사의 명치를 팔꿈치로 찍었다.

"억." "윽."

곧바로 몸을 틀어 돌려차기로 옆에 있던 두 병사를 한번에 걸어찼다. 순식간에 세 병사가 전투불능에 빠졌다.

"뭐, 뭐야, 넌······?!"

그제야 리오의 등장을 인식한 두 병사 중 한 명이 무릎으로 배를 차여 허공에 떠올랐다. 그대로 힘을 잃고 바닥에 쓰러졌다.

남은 문지기가 멍하니 그 광경을 지켜봤다.

"너, 너······ 억!"

뭐라 외치기 전에 몸에 바탕 손 치기를 먹여 힘차게 날려버렸다.

그 결과, 몇 초도 안 돼서 기절한 병사 다섯 명이 생겼다.

"아……."

그 광경을 그늘에서 지켜보던 크리스티나 일행은 말이 나오지 않았다.

"강해……."

"뭐 하는 사람이에요? 저 사람……."

레이와 코우타가 놀라서 중얼거렸다.

리오는 초소에 들어가 병사가 없는 것을 확인하고 개문 장치를 조작했다. 바로 초소를 나와 손을 흔들어 크리스티나 일행을 불렀다.

"야! 왜 문을 열어?!"

성벽 위에서 망을 보던 병사들이 문이 열리는 것을 보고 소란스러워졌다.

리오는 크리스티나 일행이 도착할 때까지 가볍게 10미터 높이 성벽을 올라 성문 위에 있던 두 병사를 기절시켰다. 그리고 성벽에서 뛰어내려 바닥에 착지했다.

"저 분이 계시면 성 경비가 없는 거나 마찬가지군요……."

크리스티나가 상식을 벗어난 실력에 딱딱한 미소를 지었다.

"10초 내로 문이 완전히 열릴 거예요. 마법이나 마도구로 신체능력을 강화하고 신호하면 전속력으로 달리세요."

주위에 문이 열리는 소리가 크게 울려 퍼져서 리오가 큰 목소리로 설명했다.

"……알겠습니다."

크리스티나 일행이 굳건히 고개를 끄덕였다.

"두 분은 이 검을 갖고 계세요. 여차하면 자기 몸은 스스로 지키세요."

리오가 문지기의 허리에서 빼낸 검을 흑발 일본인 두 명에게 건넸다.

"네, 네……."

사람을 죽인 적은 없으리라. 소년들이 굳은 얼굴로 검을 받았다. 그러는 사이 문이 완전히 열렸다.

"가세요!"

리오가 지시하자 크리스티나 일행이 달리기 시작했다. 리오도 뒤를 쫓았다. 밤의 곡창지대에 여섯 명의 발소리가 울려 퍼졌다.

타이밍이 안 좋다고 해야 할지, 벌써 동틀 시간이 가까워졌다. 동쪽 하늘이 살짝 밝아지기 시작했다. 하필 남문 밖에는 보리밭이 있었다. 지금 계절에는 씨를 뿌리기 전이라 탁 트인 평야였다. 추적자가 오면 쉽게 발각될지도 몰랐다.

아무리 마법과 마술로 신체능력을 강화했더라도 체력까지 끌어올리지는 못했다. 평소에 몸을 단련하는 리오와 바네사 외에는 점점 지치는지 숨이 거칠어졌다.

남문 개방은 이미 알았을 테고, 동이 트기 시작했으니 도시 밖까지 추적자가 쫓아올 수도 있었다. 밝아지면 말을 타거나 하늘을 나는 기수도 이용할 수 있었다.

'만약을 위해 여기서 잠깐 시간을 버는 게 좋겠어.'

"저는 추적자의 발을 잡아두겠습니다. 오늘 정오 지나 남쪽 길을 따라 처음 나오는 역참 마을 앞에서 만나죠. 길을 벗어난 샛길에 샘이 있습니다. 바네사 씨는 사람들을 호위해주세요."

리오가 판단을 내리고 크리스티나 일행에게 외쳤다.

"미안하네, 알았다!"

바네사가 즉각 대답했다. 다른 네 사람은 달리는 것만으로도 벅차서 말할 여유가 없었다. 그나마 여유가 있는 사람은 크리스티나였다.

"그럼, 무사하십시오!"

리오는 멈춰서 뒤로 돌았다.

"하, 하루토…… 꼬, 꼭, 꼭, 약속 장소, 와야 해! 하아, 하아……. 부탁이니까! 안 오면, 하아, 나……."

뒤에서 세리아의 목소리가 들렸다. 숨을 헐떡이며 필사적으로 외쳤다.

리오가 오른손을 크게 흔들어 대답하고 그 이상의 대답은 기다리지 않고 다시 도시 쪽으로 섰다. 그러자 남문에서 뛰쳐나온 기사들이 리오를 발견했다. 숫자는 십여 명.

'기사.'

리오는 전원이 기사복을 입은 것을 알아챘다. 전부 마법이나 마도구로 신체능력을 강화했는지 단련한 육체 스펙을 한계까지 끌어올리고 달려왔다.

당연하지만, 직업군인처럼 몸을 단련하는 사람과 그렇지 않은 사람이 끌어낼 수 있는 신체능력의 한계가 다르기 때문에 세리아 일행과 함께 달렸어도 따라잡혔을 것 같았다.

'역시 남길 잘했어.'

리오는 후드를 깊게 눌러썼다. 그리고 시공의 장에서 단검 두 자루와 투척 나이프를 여러 개 꺼내 장비했다. 그러는 사이, 기사들이 순식간에 리오 가까이 왔다.

"멈춰라!"

선두를 달리던 기사가 다른 기사에게 지시했다.

"……."

후드 밑에 숨긴 리오의 눈이 살짝 커졌다. 선두에 선 기사의 정체가 하필이면 샤를 아르보였기 때문이었다.

"남문이 열리는 소리가 나서 와봤다만, 후발대를 직접 지휘하길 잘했군. 나는 참 운이 좋아."

샤를이 사납게 웃었다.

"넌 누구냐?! 여기서 뭐 하고 있지? 후드를 벗어라!"

험악하게 리오의 정체를 물었다.

"……대답할 의무는 없는데?"

리오는 질문에 대답하지 않고 도발했다.

"뭐라고? 죽고 싶은가?"

샤를이 깔보는 얼굴로 리오를 바라봤다.

"됐다. 죽지 않을 만큼 고통을 느끼게 해주지. 입을 열거면 빨리 여는 게 좋을 거야."

"할 말 없어."

가학적인 미소를 짓는 샤를에게 리오가 단검을 겨누며 도발했다.

"……해치워라."

샤를이 미간을 찌푸리며 차가운 목소리로 개전 지시를 내렸다. 뒤에 있던 기사들이 일제히 움직였다.

리오도 자세를 낮추고 바닥을 세게 박찼다. 기사들에게 돌진하며 오른손으로 품에 넣은 투척 나이프를 꺼내 던졌다. 아직 어두워서 늦게 반응했는지 투척 나이프가 선두에 선 기사의 허벅지에 *깨끗하게* 꽂혔다.

"윽……!"

나이프를 맞은 기사가 균형을 잃고 쓰러졌다. 그러나 다른 기사들은 동요하지 않았다. 역시 전투에 익숙했다. 리오가 냉정하게 분석했다.

"포위해!"

기사들이 다대일일 때의 승전법을 따라 리오를 포위하려고 흩어졌다. 그러나 리오는 속도에 변화를 주며 가속해 기사들이 흩어지기 전에 포위망을 벗어나 끝에 있는 적에게 접근했다.

"뭣……!"

예상하지 못한 속도에 허를 찔리자 기사들도 동요했다. 리오는 물 흐르듯이, 춤추듯이 곡예처럼 움직이며 도약하듯이 기사들 사이를 질주했다.

포위할 틈을 주지 않았다. 스칠 때마다 양팔, 양다리로 대미지를 줬다. 기사들도 검을 휘둘러 공격하려고 했으나 그들의 검은 리오에게 닿지 못했다.

"젠장, 뭐야, 이 자식은!"

"윽, 강하다!"

아크로바트처럼 움직이는 리오에게 농락당하자 기사들이 당황한 게 느껴졌다. 리오와 한 번 스치기만 해도 누구는 단검에 베이고 누구는 힘차게 걷어차이며 기사들 수가 샤를을 포함해 반절로 줄어들었다. 남은 기사들과 눈싸움을 하나 싶더니 리오가 준비동작 없이 옆으로 뛰었다.

"뭐, 뭐지?"

순간, 리오가 사라져서 샤를 일행이 늦게 반응했다. 다음 순간, 사라진 리오가 옆에서 돌진했다. 나란히 선 두 기사 사이를 도약해 지나가며 공중에서 몸을 뒤집어 그들의 무릎을 공격해 움직이지 못하게 했다.

"야, 얕보지 마!"

착지할 때를 노려 다른 기사가 리오에게 검을 휘둘렀다.

리오는 손으로 바닥을 밀어내며 몸을 틀어서 착지점을 바꿔 공격을 피했다. 그리고 몸을 트는 힘을 이용해 공중에서 단검을 휘둘러 상대를 쓰러뜨렸다.

이제 남은 기사는 셋. 거리를 두고 전투를 지켜보던 샤를과 일반대원 기사 두 명이었다.

"이, 이봐! 어서 저 녀석을 끝장내!"

샤를이 당황해서 외쳤다. 명령 내용이 '고통을 줘라'에서 '끝장내라'로 바뀌었다. 1개분대로 보병중대를 가볍게 압도하는 위력을 자랑하는 기사들이 순식간에 괴멸상태에 빠진 것을 생각하면 타당한 판단이었다.

그러나 남은 두 기사로 리오를 끝장낼 수 있느냐는 다른 문제였다.

"윽…… 하아앗!"

명령 받은 기사가 소리를 지르며 리오를 공격했다.

리오가 거꾸로 든 오른쪽 단검을 휘둘러 정령술로 강화한 완력으로 기사의 검을 쳐냈다. 마치 철벽이라도 친 듯한 반동을 느낀 기사는 손을 타고 흐르는 저릿함에 얼굴을 찌푸렸다. 리오는 굳은 기사에게 달려갔다. 왼손으로 아래에서 위로 검을 휘둘러 단검 자루 끝으로 상대의 명치를 때렸다.

"큭……!"

마지막으로 남은 일반대원 기사가 난처한 나머지 검을 휘둘렀다. 리오는 낮게 수그려 공격을 피했다. 발을 걸어 상대를 쓰러뜨리고 재빠르게 일어나 복부를 밟아 기절시켰다.

"……우, 웃, 웃, 웃기지 마! 일어나! 뭐 하고 있어?!"

자랑스러운 부하들이 손도 쓰지 못하는 당하는 꼴을 멍하니 지켜보던 샤를이 싸울 수 있는 사람이 자기밖에 없다는 현실을 받아들이지 못하고 히스테릭하게 소리를 질러 댔다.

"으, 으으⋯⋯."

다행히 사망자는 없지만, 단검에 베인 사람이 있어서 내 버려두면 과다출혈로 죽을지도 몰랐다.

"큭⋯⋯."

이런 상황에 샤를이 갑자기 온 길을 거꾸로 달렸다. 순 식간에 아군이 당하자 승산이 없다고 판단했으리라.

'시원할 정도로 동료를 버리는 판단은 빠르네.'

리오가 눈을 깜빡이며 샤를의 뒷모습을 바라봤다. 쫓아 가는 것은 쉬웠다.

'대충 교란될만한 정보라도 쥐어줄까?'

크레이아에서 로다니아까지 동, 북, 남 어떤 길로도 갈 수 있었다. 북과 남으로 각각 도망친 사람이 있으니 추적자 인 샤를은 양쪽으로 추적자를 뿌려야하는 상황에 처했다.

이미 충분히 교란시켰지만, 더 혼란시킬 정보를 쥐어주 는 것도 괜찮아보였다. 리오는 뒤에서 샤를에게 접근하려 고 했다.

"⋯⋯?!"

그때, 도시 남문 방향에서 전격 화살이 날아왔다. 리오 는 반사적으로 뒷걸음질 쳐 공격을 피했다. 그리고 신체강 화로 시력을 강화해 발사 지점을 응시했다. 남문 성벽 위. 거리는 6백 미터. 그곳에는⋯⋯.

"시게쿠라 루이…… 씨?"

얼마 전에 연회에서 만난 용사가 활을 들고 리오를 조준했다. 지금도 마침 전격을 날리는 중이었다.

'이 거리에 이렇게나 정밀하게 사격하다니.'

기절한 아군이 맞지 않게, 리오를 견제하며 다친 아군에게서 멀어지도록, 연속으로 전격 화살을 쐈다.

리오는 뛰어난 사격능력에 감탄했다.

"알프레드으으! 늦었잖아!"

그때, 전속력으로 도망치던 샤를이 갑자기 크게 소리질러댔다. 대체 누구에게 소리 지르는 거지?

"지원군이 왔다고 말하면 기습을 못하잖아. 멍청한 놈."

그 정체는 리오에게 들키지 않게 몸을 낮추고 초고속으로 달리던 알프레드였다. 샤를이 이름을 외치는 바람에 리오에게 빨리 들키고 말았다.

'저 사람은 저번에 세리아 선생님 결혼식장에서 도망칠 때 싸웠던……. 틀림없어. 왕의 검이야.'

리오는 그 이름에 걸맞은 실력이었다고 회상했다. 근접 전투능력에 뛰어난 알프레드와 원거리 사격에 뛰어난 루이. 이 두 사람을 동시에 상대하기는 조금 귀찮을 것 같았다.

'……가야겠다.'

그래서 리오는 뒤돌아 달렸다. 힐끗 뒤를 돌아봤으나 알프레드가 쫓아오는 것 같지는 않았다. 다친 기사들 치료를 우선하는 듯했다.

한편, 루이는 아직 활을 들고 있었다. 그 순간, 하늘을 향해 한층 대담한 전격 포탄을 쐈다.

'어디를 노린 거지? 아니, 무슨 의도가 있을 거야……. 아, 그런 뜻인가!'

공격 방향을 지켜보던 리오는 거대한 전격 화살이 갑자기 여러 갈래로 나뉘어 방향을 바꾸고 지면을 향할 때 무엇을 노렸는지 깨달았다.

'속도는 아까보다 느려. 하지만…….'

리오보다 빨랐다. 게다가 추적까지 하는 듯했다. 리오의 움직임을 짜증날 정도로 쫓아오며 거리를 좁혔다.

'저 속도라면 눈으로 보고 피할 수 있을까? 피하지 못하게 착탄점 공격범위를 넓혔을 거야. 그렇다면…….'

리오는 생각하는 동안에도 질주하며 거리를 벌만큼 벌고 갑자기 몸을 돌려 전격의 비를 마주 봤다. 그리고 공격당하기 직전── .

바람의 정령술로 자기 몸에 미풍 결계를 쳐 전류가 지나갈 길을 만들어 추적 여지를 없애고 그 사이를 누비듯이 스스로 전격의 비로 뛰어들었다. 그리고 몸을 틀어 모든 전격을 깨끗하게 피했다.

"뭐?!"

샤를이 리오가 전격의 비를 피하는 광경을 멀리서 목격하고 자기도 모르게 기절할 듯이 소리 질렀다. 리오는 그 틈에 바닥에 착지해 공격하지 않는 것을 확인하고 더는 볼

일 없다는 듯이 달렸다.

"……하하하."

한편, 루이는 곡예에 가까운 몸놀림으로 전격의 비를 피한 리오를 칭찬하듯이 부드럽게 미소 지었다

◇ ◇ ◇

그 무렵, 크리스티나와 세리아 일행은 보리밭을 지나 숲으로 이어지는 길을 달렸다.

"하아, 하아, 어디까지, 달려야 해요?"

일본인 소년, 코우타가 숨을 헐떡이며 물었다.

"아직이다! 아마카와 경이 벌어준 이 시간을 1초리도 낭비하면 안 돼!"

바네사가 앞에서 달리며 외쳤다.

"으아아아……."

코우타의 선배인 레이가 한심한 소리를 내며 끙끙댔다.

한편, 체력이 한계를 다다른 것은 세리아와 크리스티나도 마찬가지였다. 그러나 바네사와 같은 마음인지 필사적으로 달렸다.

그렇게 달리기를 10여초. 앞서 달리던 바네사의 시야가 갑자기 어두워졌다.

"……뭐지?"

바네사가 이상하게 여겨 하늘을 올려다봤다.

"음머어어어!"

쿠우웅, 하는 충격과 함께 칠흑의 미노타우로스가 땅에 내려섰다.

"푸르르르르르!"

쿠우웅…… 뒤에 또 한 마리.

"뭣…….."

어느새 일동은 놀라서 멈춰 섰다.

"뭐, 뭐예요, 이거…….."

레이가 굳은 얼굴로 물었다.

"이건 학원 야외연습 때…….."

크리스티나가 학원시절 연습 중에 미노타우로스와 마주쳤을 때를 떠올리고 얼굴을 굳혔다.

"미, 미노타우로스예요! 왜, 왜 이런 곳에?!"

직접 목격한 적 있는 세리아가 다급히 외쳤다.

"프르르!" "브흐훗!"

미노타우스로들이 즐겁게 얼굴을 일그러뜨리며 웃었다.

"여, 옆쪽 숲……으로…….."

바네사가 옆에 있는 숲으로 도망치라고 도주경로를 지시하려고 했으나 부스럭부스럭하며 양옆의 숲에서 오크들이 나타났다. 사면초가였다.

모두 움직이지 못하고 그 자리에 멈춰 섰다. 그러자 세리아 일행의 뒤에 있던 미노타우로스가 시야에 들어온 크리스티나를 붙잡으려고 왼손을 뻗었다.

"음머어?!"

새까만 거구가 크리스티나를 붙잡지 못하고 세차게 옆으로 날아갔다. 미노타우로스는 숲을 틀어막은 오크들 위로 거칠게 쓰러졌다. 한편, 날아간 미노타우로스 머리가 있던 곳에 아르마가 나타났다.

"아, 아르마?!"

세리아가 놀라서 이름을 불렀다. 아르마가 손에 든 메이스로 뒤에서 있는 힘껏 미노타우로스의 머리를 때렸는지 크게 휘두르는 자세로 착지했다.

"윽…… 으으……."

얻어맞은 미노타우로스가 비틀비틀 일어나려고 했으나 이루어지지 않았다.

"엄호하겠습니다! 물러나세요!"

또 세리아가 잘 아는 목소리가 들렸다. 세리아의 옆으로 은색 섬광이 내달렸다. 은늑대 수인 사라였다.

사라는 일어나려는 미노타우로스에게 접근해 반응할 여지도 주지 않고 재빠르게 목을 베었다.

"윽……."

쓰러진 미노타우로스는 그대로 숨이 끊어져 재가 됐다. 그러나 주위에는 아직 아까 뭉개지지 않은 수많은 오크가 있었다. 사라는 곧장 뒷걸음질 쳐 오크들과 거리를 뒀다.

그러자 교대하듯이 수많은 빛의 화살이 날아와 무리지은 오크들의 몸을 꿰뚫었다. 세리아 일행 10미터 뒤에서 활을 든 하이엘프 오피아의 공격이었다.

"왜, 왜, 너희가……."

세리아가 놀란 얼굴로 사라, 오피아, 아르마에게 물었다. 셋 다 변장 마도구로 종족 특징인 귀를 인간 귀로 바꾸긴 했지만, 이런 곳에 있어도 되는 건가.

"도우러 왔습니다. 필요 없었나요?"

사라가 조금 쑥스럽게 웃으며 말했다.

"더, 덕분에 살았어……."

"아직 끝나지 않았어요. 큰 거 하나와 숲에 있는 오크들을 처리하죠."

아르마가 메이스를 들었다.

"여러분은 오피아가 있는 곳까지 물러나십시오."

사라가 눈앞에 선 미노타우로스를 노려보며 세리아에게 지시했다.

"세, 세리아 선생님, 이들은……?"

크리스티나가 순식간에 바뀐 상황에 놀랐는지 몹시 당황하며 세리아에게 물었다.

"이 세 사람은 하루토의 동료입니다. 일단 이쪽으로! 너희도!"

세리아가 짧게 대답하고 크리스티나의 팔을 잡아당겼다. 그리고 옆에 멈춰 선 레이와 코우타에게도 지시했다. 한편, 바네사는 역시나, 라고 해야 할지 숲에 있는 오크들을 견제하며 검을 겨누었다.

"네, 네……."

크리스티나는 몸을 굳히면서도 세리아를 따라 후퇴했다.

"음머어어어어어어!"

그러나 남은 미노타우로스가 도망치려는 크리스티나 일
행을 위협하듯이 울부짖고 상공으로 크게 도약했다.

"이 정도로 겁먹을 줄 알아요?"

아르마가 어이없어하며 도약한 미노타우로스를 올려다
봤다.

"우습게 보는군요. 오피아, 돌려보내세요!"

사라가 날카로운 눈빛으로 미노타우로스를 노려보며 뒤
에 있는 오피아에게 지시했다.

"응!"

오피아가 고개를 끄덕이며 재빠르게 빛의 화살을 쐈다.
대담한 빛의 포격이 곧장 공중에 떠오른 미노타우로스의
거구로 날아갔다.

"크악?!"

미노타우로스가 얼른 손에 든 암석대검으로 포격을 막
았다. 그러나 충격으로 거칠게 뒤로 밀려났다.

"……."

크리스티나는 눈을 크게 뜨고 그 광경을 지켜봤다. 지금
공격은 중급마법 중에서도 상위 클래스의 위력이었는데
그런 마법을 1초도 안 돼 마술적으로 구축하고 방출하다
니, 슈트랄 지방의 상식으로는 불가능했다.

'저 활은 에인션트 아티팩트급 마도구인가?'

크리스티나가 오피아가 든 아름다운 활을 보고 판단했다. 그런 생각을 하는 사이, 아르마와 사라가 홀연히 모습을 감췄음을 알아차렸다.

"아르마, 지면에 처박아요! 제가 마무리하겠습니다!"

"말하지 않아도 알아요."

날아가는 미노타우로스를 쫓아 지면을 질주하는 사라와 메이스를 들고 공중으로 크게 도약한 아르마. 둘 다 인간의 신체능력 한계를 초월해 움직였다.

"음머어어어?!"

자그마한 아르마가 튼튼한 몸통에 메이스를 휘두르자 미노타우로스가 갑자기 가도를 바꿔 바다으로 떨어졌다.

사라는 미노타우로스가 바닥에 떨어졌다가 공중에 다시 튀어 오르는 그 잠깐의 틈에 미노타우로스를 쫓아 그 목을 깨끗하게 베어 갈랐다. 칠흑의 거구가 지면에 떨어진 순간, 재가 되어 사라졌다.

이제 남은 것은 숲에 있는 오크들뿐.

"그으, 극……."

흉포한 오크들도 일방적으로 미노타우로스가 당해서 그런지 겁을 먹었다.

"그악?!" "가악?!"

그때, 오피아가 한 번에 빛의 화살 여러 발을 쏴서 오크들을 순식간에 섬멸했다. 조준이 하나하나 정확해서 빗나

가지 않았다.

그 결과, 불과 10여초 만에 오크들이 완전히 모습을 감 췄다.

"마물 섬멸이 끝났나 봐요."

사라와 아르마가 주변 숲을 둘러보며 세리아 일행에게 다가갔다.

"둘 다 수고했어."

오피아가 키득 웃으며 사라와 아르마를 불렀다.

"……?!"

갑자기 세 사람이 숲을 향해 전투태세에 들어갔다. 그 순간, 숲속에서 나무 사이를 지나 검은 섬광이 날아왔다. 사라, 오피아, 아르마가 아니고 세리아도 아니었다.

"어?"

목표는 크리스티나였다. 깨달았을 때는 초고속 섬광이 눈앞까지 다가와 꼼짝도 못하고 굳어버렸다. 기적을 완벽 하게 숨긴 기습이었다. 어느 누구도 반응하지 못했다.

피할 방법이 없었다. 그렇게 생각한 순간, 크리스티나 앞에 다른 검은 그림자가 끼어들었다. 그 정체는…….

"……하, 하루토!"

리오였다. 세리아가 그 모습을 확인하고 눈을 반짝였다. 리오는 애검을 들어 검은 섬광을 정면으로 막아내고 검을 휘둘러 섬광을 완전히 없앴다.

그러자 숲속에서 박수소리가 들렸다. 박수소리가 조금

씩 다가왔다. 누가 치는지 곧 판명됐다.

"이야, 훌륭해요. 예기치 못하게 마물을 맞닥뜨려 곤란해하기에 가세하려고 했는데 엄청난 속도로 쓰러뜨렸군요."

레이스가 박수치며 숲속에서 모습을 드러내더니 리오 일행을 칭찬했다.

"……넌."

리오가 눈을 가늘게 떴다. 낯익은 얼굴이었다. 예전에 아망드가 마물에 습격당했을 때, 리오가 빈사까지 몰아간 루시우스를 주워간 인물이었다.

"기억하시는 것 같아 영광입니다. 저는 천상의 사자단 소속인 레이스라고 합니다."

레이스가 프로키시아 제국의 대사가 아닌 천상의 사자단에 속한 용병이라고 자기소개를 했다.

"아망드 때도 그렇고 여기 있던 마물은 네가 조종했나?"

리오가 물었다.

"설마요. 마물을 조종할 수 있을 리가 없죠. 도우려고 했다고 했잖아요?"

레이스가 어깨를 으쓱하며 과장되게 능청을 떨었다.

"그럼 크리스티나 왕녀를 향해 쏜 마지막 공격은 뭐냐?"

"네? 제가 그랬다고요?"

"달리 누가 있지?"

"다른 적이 숨어있을지도 모르죠?"

레이스가 대답하고 씩 웃었다.

"적은 너잖아."

리오가 레이스를 수상쩍게 노려봤다. 다른 사람들도 마찬가지였다.

"아뇨, 아뇨. 전 여기서 싸울 뜻 없습니다. 저는 우연히 크레이아에 왔다가 우연히 여러분을 발견해서 인사나 드리려고 했죠. 여러모로 사정이 있어보여서 언제 말을 걸어야 하나 고민했습니다."

레이스가 막힘없이 술술 대답했다.

"아, 그래, 그래. 그건 그렇고 당신과 인연 있는 그 분은 건강해요."

그러다 문득 생각났다는 듯이 기쁜 기색이 담긴 목소리로 덧붙였다.

"……루시우스는 어디 있지?"

리오가 차갑게 물었다.

상황을 파악하지 못한 세리아 일행이 두 사람의 대화를 묵묵히 듣다가 평소보다 날카로운 리오의 분위기에 마른침을 삼켰다.

"당신을 몹시 원망하고 있으니 늦든 이르든 만나지 않을까요? 복수하는 사람은 복수하게 만든 사람에게. 복수하게 만든 사람은 복수하는 사람에게. 사람의 업이란 참으로 고통스럽지요. 그렇지 않습니까?"

"……."

레이스가 도발하며 싱글벙글 웃었으나 리오는 표정을

무너뜨리지 않았다.

"그렇죠? **리오 씨**."

"······!"

레이스가 싱글벙글하며 리오의 이름을 부르자 세리아, 사라, 오피아, 아르마가 리오 대신 숨을 삼켰다. 어떻게 리오의 이름을 아느냐고.

'리오······? 앗······?!'

한편, 크리스티나는 당황해서 방금 자신을 구해준 리오의 등을 쳐다봤다. 그 순간, 하루토 아마카와라는 인물에게 품은 의문. 퍼즐이 전부 이어진 것 같아 자기도 모르게 숨을 삼켰다.

사실로 확정되진 않았다. 설마, 설마 하는 마음도 솟구쳤다. 그러나, 그래도······.

"······."

리오는 검을 들고 날카롭게 쳐다보며 당장에라도 레이스를 베어버릴 기세였다.

"이런, 저는 이만 물러갈 테니 그 위험한 검은 거두어주시죠."

레이스가 양손을 앞으로 내밀고 과장스럽게 싸울 뜻이 없다고 어필했다.

"······."

리오는 표정을 바꾸지 않고 레이스를 노려봤다.

"뭐, 꼭 싸우겠다면 상대해드리겠지만, 이런 곳에 투닥

투닥거리면 추적자가 올 걸요? 큰 짐도 몇 명 있어 보이고, 전투에 돌입하면 그쪽부터 노리겠습니다. 아무리 당신이라도 다 지킬 수 있을까요? 제 실력을 모르잖아요?"

그래도 시험해보겠습니까? 레이스가 웃으며 물었다.

"……마음 바뀌기 전에 꺼져."

"오오, 무서워라. 그럼 실례하겠습니다."

레이스가 숲속으로 돌아갔다. 리오는 험악한 표정으로 레이스의 뒷모습을 지켜봤다.

後記 ❈

　여러분, 안녕하세요. 키타야마 유리입니다. 「정령환상기 11. 시작의 소나타」를 읽어주셔서 정말 감사합니다.

　「정령환상기」 11권이 나왔습니다!

　자, 10권 후기에 언급한 대로 11권부터 2부가 시작되는데 2부가 됐다고 뭐 크게 변하는 건 없습니다(웃음).

　다만, 열 권을 쓰며 넣은 복선이 회수되고 기존 인간관계에 변화가 생길 기회는 전보다 늘었다고…… 생각합니다.

　11권까지는 '그 사소한 부분을 알아봐줬으면 좋겠다'는 마음과 '2부 시작합니다'라는 뜻을 담아 '시작의 소나타'라는 부제목을 달았으니 계속 「정령환상기」를 즐겨주시길 바랍니다.

　그리고 온라인 버전도 보시는 독자 분들은 앞으로 온라인 버전과 서적 버전의 차이점이 신경 쓰이실 텐데, 스토리 안에서 발생한 기존 사실이 이미 꽤 달라진 관계상, 나비효과로 스토리가 바뀔 가능성이 클…… 겁니다! 어떻게 될지 말하면 스포일러니까 확실히 말할 수는 없지만요(웃음).

　참고로 11권에는 일부러 온라인 버전 흐름을 답습한 부분도 있는데 크게 변경된 사항을 넣어서 나중에 올 나비효과를 노렸으니 12권 이후로 온라인 버전과 스토리가 어떻게 달라지는지 기대해주세요!

그리고 중대한 공지가 있습니다. 인터넷에 이미 발표됐고 11권(이번 권) 띠지에도 적혀있습니다만…….

무려 「정령환상기」 드라마CD화가 결정됐습니다! 「정령환상기」 작중에 등장하는 캐릭터들에게 목소리가 생깁니다! 캐릭터들이 말을 해요!

누가 등장해? 무슨 이야기야? 성우는 누구야? 등등 이 후기를 쓰면서는 아직 자세히 알려드릴 수 없지만, 특장판으로 올 겨울 발매 예정이니 앞으로도 기대해주세요.

끝으로 늘 「정령환상기」를 지지해주신 독자 여러분과 관계자 여러분께 진심으로 감사드립니다! 바라건대 앞으로도 작품을 통해 여러분과 오래 함께하고 싶습니다. 이번에는 이쯤에서 맺겠습니다. 12권에서 만나요!

2018년 8월 초 키타야마 유리

크렐 백작저를 탈출해
쫓기는 몸인 크리스티나 일행을
로다니아로 호송하게 된 리오.

그 길은 험난하고
벨트람 왕국에서 온 추적자 중에는
인연이 깊은 사람도 있었다.

되도록 당신과는
다르게 만나고 싶었어……

서로 물러날 수 없는 처지.
——따라서 이 전투는 더없이 치열해질 뿐

정령환상기

12. 전장의 교향곡

SEIREI GENSOUKI Vol.11

©Yuri Kitayama
Originally published in Japan in 2018 by HOBBY JAPAN CO., Ltd.
Korean translation rights ©2021 by Somy Media, Inc.

정령환상기 11 —시작의 소나타—

2021년 10월 30일 1판 2쇄 발행

저　　　자 키타야마 유리
일러스트 Riv
옮 긴 이 이은혜
발 행 인 유재옥
본 부 장 조병권
담당편집 정영길
편집 1 팀 이준환 박소연
편집 2 팀 정영길 조찬희 박치우 조현진
편집 3 팀 오준영 곽혜민 이해빈
디 자 인 김보라 서정원
라이츠담당 한주원 이다정
디 지 털 박상섭 이성호 최서윤
발 행 처 ㈜소미미디어
제 작 처 코리아피앤피
등　　　록 제2015-000008호
주　　　소 서울시 마포구 토정로 222, 403호 (신수동, 한국출판콘텐츠센터)
판　　　매 ㈜소미미디어
마 케 팅 한민지 최정연
물　　　류 허석용
전　　　화 편집부 (070)4164-3962, 3963 기획실 (02)567-3388
　　　　　　 판매 및 마케팅 (070)4165-6888 Fax (02)322-7665

ISBN 979-11-6611-657-5 (04830)
ISBN 979-11-6611-646-9 (세트)